JULES B. FISCHER

AF191481

Federn im Sturm

*Wenn zwei ungleiche Männer nicht nur ein Verbrechen,
sondern auch ihre Gefühle füreinander aufklären müssen.*

© 2025 Jules B. Fischer
Verlag: BoD · Books on Demand GmbH,
In de Tarpen 42, 22848 Norderstedt, bod@bod.de
Druck: Libri Plureos GmbH, Friedensallee 273,
22763 Hamburg
ISBN: 978-3-7583-1771-2

Für alle, die Mut haben, zwischen den Zeilen zu lesen,
für die Hasen, die das Herz eines Tigers tragen,
und für die Tiger, die lernen, sanft zu sein.

Dieses Buch ist für Dich –
weil wahre Stärke oft in leisen Momenten liegt.

#Hasentiger

Kapitel 1
Grau

Regungslos starrte Trudy Hanson seit einer gefühlten Ewigkeit auf ihr Handy, welches auf dem Küchentisch vor ihr lag. Sie hatte schon mehrmals kontrolliert, ob der seitliche kleine Riegel auch nicht auf lautlos geschoben war, der Akku sicher voll aufgeladen und das Telefon ausreichend Empfang hatte.

Man konnte nie wissen. Dieses neumodische Technikzeug!

Unweigerlich erinnerte sie sich an die unzähligen Situationen, als sie ratlos vor ihrem Mann gestanden hatte und um Hilfe bitten musste, weil sie mit ihrem Telefon nicht zurechtkam. Damals, in den Achtzigern, als sie noch nicht verheiratet waren, Thomas bei der Army arbeitete und Trudy in einer Bäckerei aushalf, hatten Telefone noch Schnüre und in jeder Stadt gab es Telefonzellen. Dennoch hatte man überlebt. Doch jetzt, mehr als zwei Jahrzehnte später, war man von diesen kleinen schwarzen Kästchen förmlich abhängig. Da entschied schon eine kurze Sprachnachricht über Freud und Leid. Trudys Anspannung war über die letzten Stunden in jede Zelle ihres Körpers gekrochen. Sie wartete sehnlichst auf einen Anruf. Einen gottverdammten, erlösenden Anruf. Doch an diesem Abend war es ungewöhnlich still in der sparsam beleuchteten Küche. Normalerweise würde sie jetzt am Herd stehen und das Abendessen zubereiten. Normalerweise wäre ihr Mann schon zu Hause und würde den Tisch decken. Normalerweise wäre ihr Sohn Toby in seinem Zimmer und würde Hausaufgaben machen, bis sie zum Essen rief. Derselbe normale Ablauf wie seit Jahren. Aber heute war alles anders. Genauer gesagt, war seit 26 Stunden nichts mehr normal, denn Toby war verschwunden. Wie vom Erdboden verschluckt.

Toby war ihr einziges Kind und er war verlässlich wie eine Taschenuhr. Selbst die Wehen bei seiner Geburt vor achtzehn Jahren setzten genau an dem Tag ein, welchen Trudys Hausarzt berechnet hatte. Er war Highschool-Schüler, ein ruhiger, freundlicher und vielseitig interessierter Junge. Seine Leidenschaft galt dem Schwimmsport. Jede Woche trainierte er mehrmals, um seine Leistungen zu verbessern. Trudy und ihr Mann Thomas unterstützten ihn bei allem, was er plante und sich vornahm. Sie scherzten immer darüber, welch ein Segen Toby doch war, so ein fröhliches und unkompliziertes Kind. Und er war pflichtbewusst, teilte seinen Eltern immer mit, wohin er ging und wann er wieder zurück sein würde.

Doch jetzt war es anders. Schon eine halbe Stunde, nachdem er hätte zu Hause sein sollen, war ihr bewusst gewesen, dass etwas nicht stimmte. Es war dieser Instinkt, den nur Mütter hatten.

Wieder kullerten Tränen über ihr Gesicht. Im selben Augenblick hörte sie, wie jemand die Wohnungstür aufschloss. Sie schreckte auf, lief aus der Küche und blickte in die müden Augen ihres Mannes. Er drückte sie, zog seine Jacke aus.

»Und? Was hat der Polizeichef gesagt?«

Trudy wischte sich die Tränen aus dem Gesicht.

»Nun, er hat die Personenbeschreibung aufgenommen, alle Bilder eingescannt und eine Meldung an alle Stationen sowie Krankenhäuser und Arztpraxen im Umkreis von fünfzig Meilen verschickt.«

Trudy nickte schweigend.

»Er war zuversichtlich, dass Toby gefunden wird.

Er meinte, in Cedar Creek ist noch nie jemand abhandengekommen.«

Trudy seufzte.

»Thomas, … unser Sohn …«

Die schweren Arme ihres Mannes umfassten sie, als ihm ein leises Schluchzen entglitt. So standen sie da, zwischen Küche und Hausflur, spendeten sich Trost in dieser unwirklichen Situation, in der alles nur noch grau erschien.

Kapitel 2
Dustin

»Oh Scheiße, ist das wieder ein Wahnsinn heute!« Dustin seufzte laut. Die Hitze hatte ihn an diesem Nachmittag nach nur wenigen Stunden Schlaf geweckt. Er lag auf seinem Bett und starrte auf den sich müde drehenden Deckenventilator.

Am Abend zuvor war er nach seiner Spätschicht im Baumarkt mit Elly und Brian bei einem Feierabendbier versackt. Sie nannten sich »die Verlorenen«, denn keiner von ihnen hatte bisher den Absprung aus Cedar Creek geschafft. Elly hatte nach der Highschool eigentlich die Welt erkunden wollen, es dann allerdings nur bis Europa geschafft. Nach wenigen Monaten musste sie abbrechen, da ihr die Jobs und somit auch das Geld ausgingen. Der stille Brian wollte eigentlich Biophysik studieren, war aber nirgends angenommen worden. Er half nun in der Apotheke seiner Eltern aus. Und Dustin, Bester des lokalen Schwimmteams, war ein immer gut gelaunter Sunnyboy, der gedacht hatte, dass das Grafikdesign Studium seine Erfüllung werden würde. Doch er hatte den Abschluss nur mit Ach und Krach geschafft und lebte seither wieder bei seinen Eltern. Und das mit fünfundzwanzig Jahren.

Da lag er nun, schweißgebadet und sein Bett schien völlig durchnässt zu sein. Er fühlte sich, als würde er in seinem Dachzimmer langsam verbrennen, obwohl er sich schon bis auf die Unterhose ausgezogen hatte. Wassertropfen suchten sich ihre Bahn und perlten ohne Mühe von seiner haarlosen Brust auf den trainierten Bauch. Die drückende Hitze, die über Cedar Creek lag, war unerträglich. Als er es nicht mehr aushielt, sprang er vom Bett auf, zog sich etwas über und verließ das Zimmer. In der Küche traf er auf seinen Vater, der am Esstisch saß und bis zur Nase in eine Zeitung vertieft war. Den ganzen Morgen Zeitungen zu wälzen, war das Lieblingshobby seines Vaters.

»Hey Dad!«

»Willkommen zurück unter den Lebenden, Dustin«, antwortete sein Vater, ohne dabei den Blick von der Zeitung abzuwenden. »Ich bin froh, dass du den Weg aus deinem Zimmer gefunden hast.«

Na das fängt ja gut an, dachte Dustin und strich sich über seine hellblonden Bartstoppeln. »Oh, Dad! Jetzt bitte keine Predigt.« Er schnappte sich die Cornflakes Packung auf dem Kühlschrank und vermischte eine ordentliche Portion davon in einer kleinen Schüssel mit Milch. Obwohl er eigenes Geld verdiente und mit knapp einem Meter achtzig Körpergröße kein Knirps mehr war, fühlte er sich durch den belehrenden Umgangston seiner Eltern direkt in seine Kindheit zurückversetzt. Himmel noch mal, er war erwachsen und konnte ganz hervorragend auf sich selbst aufpassen.

»Warum warst du gestern wieder so spät zu Hause?«

Sein Vater ließ nicht locker.

Dustin setzte sich mit gesenktem Haupt an den Küchentisch, rührte langsam seine Cornflakes um murrte nur:

»war mit Brian und Elly aus«. Dann herrschte Stille.

Peter faltete nach einer Weile die Zeitung zusammen und blickt Dustin emotionslos an.

»Übrigens, Dad, der Ventilator in meinem Zimmer funktioniert immer noch nicht.«

»Dustin, du hast einen Job und bekommst jeden Monat Gehalt. Das kannst du auch selbst in Ordnung bringen« antwortete sein Vater regungslos.

Dustin strich mit einer Hand durch seine blonden Haare und seufzte. Er wusste, worauf sein Vater wieder hinauswollte. Peter wollte ihn dazu bringen, einen besser bezahlten Job zu suchen, egal welchen. Nein, mehr noch, er wollte, dass sich sein Sohn endlich aus seinem phlegmatischen Zustand löste und etwas aus seinem Leben machte. Dass er endlich ausziehen und selbst eine Familie gründen würde. Arbeit, Ehefrau, Haus, Kind/er – ein geregeltes Leben eben.

»Ach Dad, du weißt doch, dass mein Gehalt nicht ausreicht. Ich brauche die Kohle für mein Motorrad und Sprit und so weiter. Und Leben will ich auch noch – anstatt nur hier rumzusitzen.«

Peter legte nun die Zeitung beiseite.

»Ich bin froh, dass du das ansprichst, mein Sohn! Ganz ehrlich, ich kenne so viele Baufirmen, die suchen ständig neue Leute. Du bist kräftig, das würdest du mit links schaffen. Wir haben gerade dieses Neubauprojekt reinbekommen, Erschließung eines komplett neuen Viertels. Das wäre Arbeit für die nächsten Jahre!« Er lächelte, begeistert von seiner eigenen Idee.

Dustin fischte genervt nach den letzten Cornflakes und steckte sich diese in den Mund.

»Wo ist Mum?«, versuchte er das Gespräch auf ein anderes Thema zu lenken.

»Sie hat Emma von der Schule abgeholt und danach wollten sie zur Mall fahren.« Das Gesicht seines Vaters war mittlerweile hinter einer neuen Lektüre verschwunden und die Antwort kam deutlich gedämpft. Mit freundlicher Unterstützung der Zeitschrift »Architektur Heute«.

»Geh duschen und mach dich fürs Abendessen fertig«, fügte er hinzu. »Du stinkst.« Dustin, der gerade die Müslischale in den Geschirrspüler stellen wollte, erstarrte und sah seinen Vater überrascht an. Das hatte gesessen. Kommentarlos verließ er die Küche und ging in sein Zimmer zurück. Auf der Schwelle stockte er jedoch. Sein Blick fiel über einen Flickenteppich aus Klamotten, leeren Chipstüten und Motorradmagazinen, die über den Fußboden verstreut lagen. Zwischen dem Chaos kniend, begann er kleine Stapel zu bilden. Wenigstens mal in einem Teil seines Lebens sollte Ordnung herrschen. Frisch geduscht traf er wenig später pünktlich zum Abendessen in der Küche ein.

Seine Mutter und seine kleine Schwester waren gerade dabei, die restlichen Einkäufe in den Küchenregalen zu verstauen, als sich Justin gutgelaunt an den Küchentresen setzte.

»Hey Mum!«, grüßte er.

»Ah, da bist du ja, Dustin! Schön, dich zu sehen. Endlich bist du aus deinem Zimmer gekommen«, sagte Janet lächelnd.

»Schau mal, Bruderherz, ich hab im Supermarkt ein Mini-Teleskop gefunden!« Grinsend hielt Emma ihm ein kleines, schwarzes Plastikrohr entgegen. Es sah ein bisschen aus wie ein Spielzeug, aber Emma behandelte es mit der Ernsthaftigkeit einer Entdeckerin. Das Teleskop war nicht viel länger als ihr Unterarm, mattschwarz und an den Enden leicht gummiert, als ob es tatsächlich dazu gemacht wäre, ein kleines Stück Weltall einzufangen. Ein winziger, silberner Schalter am Gehäuse ließ es fast professionell wirken und die Linse schimmerte, als sie das Gerät gegen das Licht hielt.

Dustin grinste. »Echt cool! Was hast du damit vor?«

Emma funkelte ihn an.

»Ich will damit die Sterne sehen, natürlich! Morgen Abend soll ein riesiger Kometenschauer kommen – das hab ich in den Nachrichten gehört!« Sie hielt das Teleskop mit beiden Händen und tat so, als würde sie schon die ersten Sternschnuppen durch die Linse entdecken. Vorsichtig zog sie die Ränder der Linse ab, wischte sie mit dem Ärmel ihres Pullovers sauber und blinzelte dann durch das kleine Okular, als könnte sie bereits das ganze Universum in seiner Pracht bestaunen.

»Das will ich unbedingt sehen! Du weißt ja, was man sagt: Wenn man eine Sternschnuppe sieht, darf man sich was wünschen. Aber nur die richtig guten Wünsche gehen in Erfüllung!« Emma hielt das Teleskop in die Luft und hüpfte damit zum Fenster, die Augen noch immer auf den Himmel gerichtet, als würde sie jeden Moment eine Sternschnuppe erblicken.

Dustins Vater, der jetzt auf der Couch saß, lachte leise.

»Sternschnuppen? Das sind doch nur Meteoriten!

Ein bisschen Weltraumstaub, der verglüht, wenn er auf die Erde fällt.«

»Peter! Bitte!« Janet warf ihm einen warnenden Blick zu und wandte sich dann an die Kinder.

»Und ihr zwei – deckt bitte den Tisch fürs Abendessen!« Sie schob Dustin und Emma sanft aus der Küche, wobei Emma ihr Teleskop fest an sich drückte, als wäre es das wertvollste Instrument, das sie je besessen hatte. Kurz darauf saßen alle am Tisch, vor ihnen dampfende Teller mit Spaghetti Bolognese. Wie es sich für eine gute Familie aus den Weststaaten gehörte, wurde ein Tischgebet gesprochen. Emma war dieses Mal an der Reihe.

Dustin nahm einen Bissen von den Spaghetti und war völlig im Glück. Kein Restaurant der Welt kam an die Pasta oder die Aufläufe seiner Mutter heran. Und obwohl sie durch ihren Job als Grundschullehrerin den ganzen Tag eingespannt war, fand sie immer die Zeit und Muße, abends für die Familie etwas Leckeres zu zaubern.

Gemeinsam zu Abend zu essen war das feste und unumstößliche Ritual dieser kleinen Familie.

»Sag mal Dustin, kanntest du diesen Toby Hanson nicht auch?« interessierte wendete sich seine Mutter ihm zu.

»Nun ja, er war einige Klassen unter mir. Aber ja, natürlich sah man sich in der Schwimmhalle und in der Schule. Wir waren aber nie eng befreundet. Warum fragst du?«

»Ich habe Mrs Madrigal beim Einkaufen getroffen. Sie wohnt direkt neben den Hansons. Was für eine Tragödie! Wie lange wird der Junge nun schon vermisst?«

»Drei ... es sind drei Tage«, mischte sich nun Dustins Vater ein. »Das gab es noch nie in Cedar Creek, dass ein junger Mensch einfach verschwindet! Von einem Tag auf den anderen. Wie vom Erdboden verschluckt!«

Janet kniff die Augen zusammen. »Glaubt ihr, er ist von zu Hause abgehauen?«

»Ach Mum, nein. Das kann ich mir nicht vorstellen! Die Hansons sind eine ausgesprochen nette Familie. Seine Mutter war ständig in der Schwimmhalle und verpasste nie einen Wettkampf. Ich kann mir das nicht vorstellen.«

»Aber was könnte dann passiert sein?« Sie ließ nicht locker.

»Also ... ich glaube ja, er hat sich im Schwimmbecken den Kopf gestoßen und dann vergessen, wo er wohnt.« Emma wippte mit dem Kopf, begeistert über ihre Theorie.

Dustin lachte. »Das muss dann wohl ein sehr schwerer Schlag gewesen!«

»Darüber macht man keine Witze!« Janet McNeal war von der Vermisstenmeldung Toby Hansons sichtlich mitgenommen, war sie doch mit ihrem Mann – so wie viele andere Eltern auch – gerade deshalb vor vielen Jahren nach Cedar Creek gezogen, weil sie ihre Kinder in Sicherheit aufziehen wollten. In einer behüteten Kleinstadt, die das Nötigste bot und wo man nicht in einer anonymen Nachbarschaft untergehen konnte. Einer friedvollen Gemeinschaft zwischen Bibelstunden, Sportgruppen, Schulfeiern und Vereinsleben.

»Kinder, egal was da passiert ist, ihr passt bitte auf euch auf, ja? Kommt nach der Schule und nach der Arbeit immer auf direktem Wege zurück nach Hause. Und wenn euch irgendwas Merkwürdiges auffällt, berichtet ihr uns sofort davon! Ja?«

Dustin und Emma nickten gehorsam.

»Darling. Ich habe Dustin gesagt, er solle sich bei einer Baufirma bewerben, die gerade händeringend nach Leuten sucht. Er könnte endlich richtiges Geld verdienen«, wechselte Peter das Thema, »aber er hat direkt abgelehnt.«

Dustin, der den Mund voller Spaghetti hatte, erstarrte.

»Ich habe es nicht direkt abgelehnt, Dad«, erwiderte er, nachdem er den Bissen hinuntergewürgt hatte.

»Nun, indirekt hast du das«, sagte sein Vater überraschend laut. Emma blickte ängstlich auf.

»Nein, das habe ich nicht.« Dustin ballte seine Hände zu Fäusten.

»Hallo? Hört auf damit! Alle beide!« Janet ging dazwischen.

»Lasst uns in Ruhe essen!«

Peter zuckte mit den Schultern und wandte sich wieder seinem Teller zu. In Dustin jedoch rumorte es und sein Appetit hatte sich schlagartig verabschiedet. Endlos genervt zerkaute er die letzten Nudeln, stellte den Teller auf die Küchenablage und ging auf sein Zimmer. Es war immer noch heiß, doch der Himmel war wolkenlos und so erstrahlte sein Zimmer im kalten Licht des Mondscheins.

Dustin setzte sich genervt auf sein Bett. Er wusste, dass es so nicht weitergehen konnte und dass er endlich eine richtige Aufgabe brauchte. Aber er fühlte sich wie gelähmt und völlig uninspiriert. Seine ganze Schulzeit über hatte er sich auf das Grafikdesign Studium gefreut. Er hatte Kurse besucht, seine Maltechnik verbessert, Bücher gelesen, Bewerbungsmappen angelegt und dennoch seinen Schwimmsport sowie alle anderen Schulfächer nicht vernachlässigt. Sogar in Algebra hatte er sich verbessert. Und dann hatte er eine Zusage für einen Platz an einem Design-College erhalten. Das erste Semester ging los, dann folgte ein erstes Praktikum in einer Werbeagentur – und alles war ganz auf einmal ganz anders als man es ihm versprochen hatte. Das Studium war viel zu technisch. Anstatt mit Pinsel und von Hand kreativ zu sein, saß er den ganzen Tag nur vor dem Computer und klickte sich durch Grafikprogramme. In seinen Praktika wurde er dann zum Laufburschen für brühfrischen Kaffee oder zum »Head of Kopierer« gemacht. Sein Vater war es, der ihn dazu drängte, das Studium abzuschließen. Es war einer seiner vielen guten Ratschläge, die er ungefragt in der Welt verteilte. Was konnte also eine neue Perspektive sein? Als Künstler zu arbeiten und ein eigenes Atelier zu eröffnen? Hier, in Cedar Creek? Wer würde seine Bilder kaufen wollen?

Und eines war sicher: Seine Eltern würden ihm auf keinen Fall nochmals Geld geben, damit er sich ausprobieren konnte. Dennoch brauchte er endlich eine richtige Aufgabe. Etwas, was ihm Spaß machte und wobei er sich kreativ ausleben konnte. Dass ihn sein Vater stattdessen auf den Bau schicken wollte, machte ihn wirklich sprachlos.

Kapitel 3
Motorcycles of Utah

Dustin! Arbeite auf dem Bau! Die Worte seines Vaters waren das Erste, was ihm durch den Kopf ging, als er am nächsten Morgen aufwachte. Dustin runzelte die Stirn. Diese ständigen Konfrontationen und das Gefühl, nicht gut genug zu sein, wirkten sich immer mehr auf sein Selbstvertrauen aus. Diese Mischung aus lethargischer Antriebslosigkeit gepaart mit regelmäßigen Panikattacken, welche sich in sein Leben eingeschlichen hatten, wurden zu einem Dauerzustand seines erwachsenen Lebens.

Der Blick in den Badezimmerspiegel offenbarte die neue Realität. Seine blauen Augen waren stumpf und sein dunkelblondes Haar zerzaust. Von sich selbst genervt stieg unter die Dusche. Wasserstrahlen prasselten auf seinen athletischen Körper. »Ich muss hier weg!« seufzte Dustin.

Mit seinem Motorradhelm in der Hand öffnete Dustin wenig später das Tor zur Garage. Langsam schob er seine giftgrüne Yamaha auf die Straße vor seinem Elternhaus, setzte den Helm auf uns ließ den Motor aufheulen. Kleine Einfamilienhäuser zogen an ihm vorbei, er wollte dieses geklonte Idyll hinter sich lassen und die Stadt verlassen. Einfach weg. Den Highway entlang, etwas Neues entdecken. Er liebte es, wie der Fahrtwind gegen seine Haut preschte, er liebte es, wie sein T-Shirt flatterte, während er über den Asphalt flog und die Natur immer schneller an ihm vorbeizog. Er seufzte erleichtert und lächelte. Endlich. Kilometer um Kilometer raste er die Route 44 ziellos dahin. In dieser Region am südlichen Ende des Bundesstaates Utah herrschte Steppenklima. Auf heiße Sommer um die 30 °C folgten kalte, schneereiche Winter mit Temperaturen häufig unter dem Gefrierpunkt. Dustin fühlte eine tiefe Verbundenheit mit der unberührten und eindrucksvollen Natur, die er schon als Kind gerne erkundet hatte. Er liebte das orangefarbene Sandsteingebirge des Cedar Breaks Monument Park mit seinen steinernen Bögen, Hochplateaus, dramatischen Schluchten und beeindruckenden Felsformationen und auch die tiefgrünen Nadelwälder des Needle Peak mit endlosen Wiesen, wilden Sträuchern und weichem Waldboden. Er wurde langsamer und fuhr schließlich links ran. Seine Blase meldete sich. Hier im Nirgendwo konnte er kurz sein Geschäft verrichten. Nachdem er den Motor des Motorrads abgestellt hatte, stieg er von der Maschine, öffnete den Reißverschluss seiner Jeans und pinkelte wenige Meter weiter auf den Seitenstreifen. Er seufzte.

Zurück bei seinem Motorrad drückte er den Anlasser durch. Der Motor ruckelte und der Auspuff hustete, aber seine Yamaha erwachte nicht zum Leben. Verwirrt drückte er den Anlasser fester durch, aber es passierte nichts.

»Scheiße!«

Egal was er tat und wie sehr er auch an seiner Maschine drückte und rüttelte, sein Motorrad gab kein Lebenszeichen von sich.

Frustriert kickte er gegen einen Reifen. Wie sollte er nun von hier wegkommen? Er angelte sein Telefon aus der Gesäßtasche und wählte den Anschluss seines Vaters. Es klingelte, aber niemand nahm ab. Als Nächstes rief er seine Mutter an, aber auch dort ging niemand ran. Er ballte frustriert eine Hand zur Faust und versuchte sich zu beruhigen.

»VERDAMMTE SCHEISSE, komm schon!« Ich stecke fest! »Fuck!«

Die Sonne stand hoch am Firmament und brannte auf ihn nieder. Mit einem Knall krachte der Seitenständer ein. Dustin schob sein Motorrad über den trockenen Seitenstreifen. Es müssten nur wenige hundert Meter sein, bis er Manderfield erreichen würde. Dustin spürte, wie ihm der Schweiß den Rücken hinunterlief und er biss frustriert die Zähne zusammen. Heute war auch nicht sein Tag. Nach einer Stunde Tortur in der prallen Sonne erreichte er Manderfield und steuerte zu seinem Glück direkt auf eine Tankstelle zu. Gott sei Dank! Er stellte das Motorrad ab und betrat den Laden, in der Hoffnung, dort Hilfe zu finden.

Dustin entdeckte ein Mädchen, das hinter der Kasse saß, sich die Nägel feilte und lautstark auf ihrem Kaugummi herumkaute. Sie hatte feuerrote Haare und trug neongrünen Nagellack – ein merkwürdiges Bild.

»Ähm, hey!«, grüßte er freundlich.

Das Mädchen hob den Kopf und sah ihn an. Auf ihr Lächeln folgte ein lüsterner Gesichtsausdruck, der Dustin völlig irritierte. Er war noch nie besonders flirty gewesen, vor allem nicht im Umgang mit Mädchen. In der Highschool hatte er ein paar Freundinnen gehabt, allerdings hatten diese Beziehungen nie lange gehalten. Dann folgten seine Collegezeit und der Zwischenfall mit seinem Mitbewohner Kevin, der Dustins sexuelle Identität völlig aus den Angeln riss. Kevin war erst ein guter Freund und wurde nach einer durchzechten Nacht ein noch besserer Liebhaber. Dustin konnte seine Sorgen und seinen Frust mit ihm teilen, Zärtlichkeiten austauschen und gemeinsame Aktivitäten planen. Er suchte gerne seine Nähe. Kevin war jedoch genauso schnell und stürmisch in Dustins Leben getreten, wie er dann auch wieder verschwand. Am Ende des letzten Semesters hatte Kevin überraschenderweise Schluss gemacht und einen Dustin noch aufgewühlter zurückgelassen, als er ihn vorgefunden hatte.

»Hallöchen«, sagte das junge Mädchen kokett und kaute ihren Kaugummi weiter. Ihre Stimme war laut und hallte aus allen Ecken des Ladens wider.

Dustin starrte auf ihren Mund und die gelbe Gummimasse, die von ihren weißen Zähnen malträtiert wurde.

»Ähm, sag mal, mein Motorrad ist auf dem Weg hierher kaputtgegangen«, erklärte er. »Habt ihr hier vielleicht einen Mechaniker oder jemanden, der sich mit Motorrädern auskennt?«

Sie lächelte. »Ich glaube schon. Hoffen wir, dass Erik-James in der Nähe ist.« Die junge Frau nahm ihr Telefon in die Hand, wählte eine Nummer und telefonierte kurz sichtlich aufgeregt mit jemandem. »Du hast Glück, mein Lieber. EJ ist in der Werkstatt«, sagte sie dann.

Dustin atmet erleichtert auf. »Super! Toll! Wo kann ich ihn finden?«

»Du gehst hier links die Straße runter. Dann biegst du an der ersten Kreuzung rechts ab. Seine Werkstatt ist das erste Haus. Siehst du schon, wenn du da reinläufst.«

»Danke!«

»Für dich tue ich alles, Schatz«, sagte sie und zwinkerte.

Dustin schenkte ihr ein falsches Lächeln und verließ den Laden. Er schob sein Motorrad die Straßen entlang, wie von dem Kaugummi-Girl beschrieben. Es dauerte nicht lange, bis er den Laden erreichte. Auf dem Schild über dem Eingang stand »Motorcycles of Utah«. »Bingo! Mmh, das muss es sein!«

Er stellte die Yamaha direkt vor dem Eingang ab, wischte sich nochmals mit dem Handrücken den Schweiß von der Stirn und trat in den Laden ein. Der Verkaufsraum war überraschenderweise ordentlich und aufgeräumt, was Dustin nicht erwartet hätte. An der Theke saß eine Frau vor einem akkurat drapierten Stapel weißen Papiers. Sie blickte auf und schenkte ihm ein strahlendes Lächeln. Ihre ozeanblauen Augen in ihrem runden Gesicht sprühten förmlich vor Freude. Sie hatte etwas an sich, was Dustin mütterlich erschien, etwas, das von Natur aus warm, freundlich und irgendwie ehrlich wirkte. Obwohl sie sich fremd waren, vereinnahmte ihn die Ausstrahlung der Frau völlig.

»Hallo.« Er räusperte sich nervös.

»Heeey! Was kann ich für dich tun?«

»Ich ... äh ... ich suche Erik-James.«

»Der schraubt gerade hinten an Joes Wagen herum. Du kannst ruhig durchgehen«, sagte sie und zeigte auf einen Gang im hinteren Teil des Ladens.

Dustin nickte und ging an den Ersatzteilen und den Überresten des kaputten Autos vorbei, bis er in einer riesigen Werkstatt stand. Die Luft war erfüllt von dem Duft nach Öl und Metall, ein erdiger Geruch, der in seiner Schwere beinahe beruhigend wirkte. Zwischen zwei Hebebühnen, alten Motorrädern und unzähligem Klimmbimm erklang das Klicken eines Schraubenschlüssels.

»Hallo? Ähm, Erik?«

Ein Rollbrett schoss unter einem Lieferwagen hervor. Der Mann, der darauf lag, richtete sich auf, zog sich mit einer fließenden Bewegung auf die Füße und wischte sich die ölverschmierten Hände an einem zerknitterten Lappen ab, der aus der Gesäßtasche seiner Jeans ragte. Er war ein Stück älter als Dustin, vielleicht Ende dreißig oder Anfang vierzig, mit breiten Schultern und einer bulligen Silhouette.

Dunkelbraune Augen musterten Dustin – neugierig, aber auch

abwartend, als würden sie ihn durchbohren und alle seine Geheimnisse aufdecken.

»Das bin ich. Und wer fragt?«

Die Stimme war rau, aber nicht unfreundlich und für einen Moment blieb Dustin die Antwort im Hals stecken. Diese Augen. Sie waren dunkel, tief und irgendwie … vertraut. Es war nicht nur die Farbe, die ihn bannte, sondern die Art, wie sie ihn ansahen – als wüssten sie bereits mehr über ihn, als er selbst begreifen konnte. Ein unbestimmtes Kribbeln breitete sich in Dustins Brust aus.

Er räusperte sich, suchte nach Fassung und brachte schließlich ein nervöses Lächeln zustande. »Äh, hi. Ich bin Dustin. Ich … hab ein Problem mit meinem Motorrad.«

Er deutete mit einem schnellen Kopfnicken in Richtung des halbgeöffneten Rolltors, hinter dem der schemenhafte Umriss seiner Yamaha zu erkennen war. Sein Herz schlug schneller, während Erik ihn weiterhin ruhig musterte und die Lippen ein wenig verzog, als wüsste er längst, was kommen würde.

»Hatte einen kurzen Stopp eingelegt und danach sprang sie nicht mehr an. Ich habe alles versucht.«

Erik nickte schweigend, zog das Rolltor hoch und musterte die Yamaha nun gründlich. Dustin folgte ihm und betete innerlich, dass das Problem unkompliziert gelöst werden konnte.

»Ehrlich gesagt, müsste ich das Ding mit reinnehmen, um es mir genauer anzuschauen«, sagte Erik.

»Klar, warum nicht?«

Erik schob das Motorrad in die Werkstatt und stellte es auf einer kleinen Hebebühne ab. Dustin, dessen schweißgetränktes T-Shirt an seinem Körper klebte, fiel auf, dass er ihn dabei aus dem Augenwinkel musterte.

Die Dame vom Schalter kam herein, warf einen kurzen Blick auf Dustin, sah Erik an und schüttelte den Kopf.

»Erik!«, rief sie.

»Wie kann ich dir helfen, Sunny?«

»Ich wollte nur mal nach dem Rechten schauen. Hier drin ist ja eine Bullenhitze. Hast Du dem armen Jungen noch nichts zu trinken angeboten? Also wirklich! Hat man dir in den letzten vierzig Jahren keine Manieren beigebracht? Siehst du nicht, wie verschwitzt er ist? Also bitte …«

Erik strich sichtlich genervt über seine blaue Latzhose.

»Sag mal, warten da nicht ein paar Buchhaltungsbelege auf dich? Ich hatte Dir dass heute Morgen alles komplett sortiert hingelegt!«

Sunny stutzte erst, dann brach ein lautes Lachen aus ihr heraus. Mit einer gekonnten Drehung machte sie auf dem Absatz kehrt und brauste davon. Kopfschüttelnd griff Erik nach einer Dose Cola im Kühlschrank und reichte sie Dustin, wobei sich unweigerlich ihre Blicke trafen. Dustin war sofort gebannt. Eriks haselnussbraune Augen vermittelten etwas Aufrichtiges, Beruhigendes und doch spürte er sofort, dass sich dahinter noch etwas anderes verbergen musste. Diese Ausstrahlung wirkte vertraut auf Dustin, irgendwie beschützend. Sein ganzer Körper erstarrte, als sich ihre Finger berührten und diese plötzliche Verbundenheit einen Moment lang anhielt… bevor Erik seine Hand wieder zurückzog.

Dustin räusperte sich verlegen und nahm auf einem Reifenstapel platz. »Danke«, sagte er, innerlich nach Fassung ringend.

Erik nickte und widmete sich wieder der grünen Yamaha.

Er grummelte etwas vor sich hin, rüttelte an diversen Teilen und schien völlig in Gedanken versunken. Anscheinend war er mit dem Zustand der Yamaha nicht zufrieden. »Woher kommst du eigentlich? Ich habe dich hier oben noch nie gesehen«, brach er schließlich das Schweigen.

»Ich bin aus Cedar Creek.«

»Aha. Und was machst du hier in Manderfield?«

»Nun ja, ich… wollte einen Ausflug machen. Du weißt schon, nur herumfahren, den Kopf frei bekommen.«

Erik nickte stumm. »Nun, der Anlasser ist das Problem.« Er erhob sich und rieb seine ölverschmierten Hände an einem Lappen ab. »Durch Schmutz oder Korrosion kann er klemmen und dann springt der Motor nicht mehr an. Er muss ausgetauscht werden.«

Dustin blickte ihn mit großen Augen an.

»Okay. Shit! Und ähm, kannst du das irgendwie kurzfristig reparieren?«

»Naja, heute kann ich es nicht mehr machen. Ich müsste erst ein neues Teil bestellen. Du könntest dein Motorrad dann nächste Woche Mittwoch abholen.«

»Wie viel wird das kosten?«

»Ungefähr fünfzig Mäuse.«

»Shit. Okay, ich bezahle, wenn ich es abhole.

Ist das in Ordnung?«

Erik nickte.

Die nachfolgende Stille wurde durch das Klingeln eines Handys unterbrochen. Dustin nahm sein Telefon in die Hand. Seine Mutter war am anderen Ende der Leitung und fragte, wo er sei. Er erzählte ihr schnell alles und sie versicherte ihm, dass sie in dreißig Minuten da sein würde, um ihn abzuholen, bevor sie den Anruf beendete.

»Sag mal, wo ist eigentlich dein Helm, Junge?«

Erik blickte ihn prüfend an »Du fährst doch sicher nicht ohne?«

»Helm? Habe ich vergessen. Normalerweise trage ich ja auch eine

Lederjacke, aber da draußen ist es ungefähr eine Million Grad heiß.«

»Das ist gefährlich! Bei einem Sturz würden deine Knochen wie trockenes Holz brechen, ganz zu schweigen davon, dass dein Schädel zerschmettert würde.«

»Donnerwetter! Du klingst wie mein Vater.«

Dustin rollte mit den Augen.

Erik lachte. »Ist das etwas Schlechtes? Aber egal, Dustin aus Cedar Creek.Dann sehen wir uns am Mittwoch.«

Nach dem Abendessen lehnte sich Dustin mit Emma in den Liegestühlen im Garten zurück. Das Wetter hatte etwas abgekühlt und der Himmel war wolkenlos. Er liebte die Gegend um Cedar Creek. Das Gebiet hinter dem Haus seiner Eltern war unbebaut. Man hatte einen fantastischen Blick über die trockene Wüstenlandschaft bis hin zum Lone Tree Mountain mit seinen Felsen und riesigen Bäumen. In der Stille des Abends beobachteten sie den imposanten Sternenhimmel. Zwei Sternschnuppen zogen über das Firmament und Emma schnappte aufgeregt nach Luft.

»Da – daaaa! Sieh nur! Es geht los!«

Dustin lächelte über ihr kindisches Verhalten. Er konnte es ihr nicht verübeln. Sie war ja noch klein. »Wirklich schön!«, bemerkte er. »Hast du dir denn schon ein paar Wünsche überlegt?«

»Natürlich habe ich das!«

»Du weißt schon, dass es nur Trümmer aus dem Weltraum sind, die auf die Erde fallen?«, erinnerte Dustin sie.

Emma schüttelte enttäuscht den Kopf und spottete: »Oh mein Gott, du klingst wie Papa!«

»Weißt du, manchmal wünschte ich mir, ich hätte ein besseres Leben«, gestand er. »Zum Beispiel einen guten Job, etwas mehr Geld in der Tasche und eine eigene große Wohnung.« Emma schüttelte überrascht den Kopf. »Hallo? Du darfst nicht über den Inhalt deiner Wünsche sprechen! Das ist gegen die Regeln!«

»Was für Regeln?« Dustin runzelte seine Stirn.

»Naja, die Wunsch-Regeln! Du darfst nicht verraten, was du dir wünschst. Und außerdem gehen nur Herzenswünsche in Erfüllung. Dinge, bei denen du dich schon richtig glücklich fühlst, wenn du nur daran denkst. Wie wenn man fliegen würde oder es in deinem ganzen Körper Zuckerwatte gäbe. Und die Zuckerwatte dich von innen kitzelt. Dustin. Nur Wünsche, die dich zum Fliegen bringen, sind wichtige Wünsche«, fügte sie hinzu.

Dustin atmete tief ein und schaute in den Himmel. Emma hatte recht. Er musste dafür sorgen, dass die richtigen Wünsche erfüllt wurden. Erik kam ihm in den Sinn. Jedes Mal, wenn sie sich angesehen hatten, hatte er das Gefühl sein Herzschlag würde schneller werden. Erik war anders als die Jungs, die Dustin kannte. Er war liebenswürdig und zwar auf eine urwüchsige, männliche Art. Und er war männlich, ohne ein Macho zu sein.

Dustin konnte diese Gefühle noch nicht so recht einordnen. Er wusste aber, dass er Erik wiedersehen und vor allen Dingen näher kennenlernen wollte. Er fühlte eine Verbindung zwischen ihnen und er musste herausfinden, was das bedeutete.

Kapitel 4
Elly

Alles, was Elly von der großen weiten Welt blieb, war der Anblick imposanter Bilder in unzähligen Broschüren, die sie jeden Abend in Mrs. Madrigals Reisebüro aufräumen musste. Durch Zufall hatte sie dort einen Aushilfsjob gelandet und verkaufte »anspruchslose Pauschalreisen für anspruchslose kleinbürgerliche Spießer aus Cedar Creek«, wie Elly ihre Kundschaft gerne betitelte.

Es war kurz vor Ladenschluss. Elly war gerade dabei, neue Magazine in die Auslage zu legen, als urplötzlich die Eingangstür aufgerissen wurde. Vor Schreck glitten ihr die Stapel aus der Hand und knallten auf den Boden.

»Guten Abend, holde Magd! Möchten Sie mit mir nach Paris reisen?« Schelmisch grinsend und mit ausgestreckten Armen tänzelte Brian zwischen den Pappaufstellern hin und her.

»Oh scheisse, Brian. Was zur Hölle?«

Elly kniete sich zu den verstreuten Broschüren und hob sie auf.

»Oh – Sie müssen doch nicht gleich vor mir auf die Knie gehen!« Neckisch blickte er Elly mit seinen großen dunkelgrünen Augen an. Volle schwarze Haare fielen ihm widerspenstig ins Gesicht. Nachdem er sie einen Moment lang gemustert hatte, schüttelte er den Kopf und stieß dann einen Seufzer aus. »Sorry … Lass mich dir helfen!"

Er wollte sich gerade zu ihr niederbeugen, als Elly ihn mit einer Hand wegdrückte. »Zu spät!«, fauchte sie.

»Ach Mann, Elly … Du warst aber auch schon mal lustiger drauf.« Er musterte sie vorwurfsvoll.

»Brian, was zur Hölle willst du hier? Ich möchte jetzt endlich diesen verdammten Laden abschließen und Feierabend machen.«

»Das ist eine großartige Idee! Und wie beendet man einen aufregenden Arbeitstag? Mit einem schönen kühlen Bud!« Aus seinem Rucksack zog Brian zwei Flaschen Budweiser und wedelte damit vor Ellys Gesicht.

Die Sonne ging langsam unter, als Elly und Brian auf dem Bordstein vor dem Reisebüro saßen und Ihre Blicke über den riesigen, leeren Parkplatz schweifen ließen. Die kleine Shoppingmall war so gut wie ausgestorben.

»Gott, wie mir diese Kleinstadt auf die Nerven geht!« Brians Stimme klang plötzlich kalt und nüchtern. Elly nickte zögerlich und nahm einen Schluck von ihrem Bier. »Die Welt dreht und verändert sich, nur hier ist die Zeit stehen geblieben. Und wir stecken fest.« Es war das erste Mal seit langer Zeit, dass Elly ihn so frustriert erlebte. Brians Augen fokussierten Elly von der Seite, dann rutschte er näher an sie heran und legte einen Arm um ihre Schultern.

»Oh, Brian, nicht!« Elly wand sich und drückte ihn abermals von sich weg.

»Du bist immer noch sauer auf mich, mh? Es ist doch Jahre her!«

»Nein Brian, nicht sauer. Nur konsequent«, antwortete sie ihm mit leiser Stimme.

Brian seufzte. »Nachdem Dustin und du wieder zurück nach Cedar Creek gekommen wart, dachte ich, dass alles wie früher werden würde. Zumindest hatte es sich bei Dustin und mir automatisch wie früher angefühlt«, sagte er mit einem Schulterzucken. »Nur bei uns beiden nicht.«

Elly blickte zu Boden und presste ihre Lippen zusammen. In ihrem Blick lag eine tiefe Enttäuschung, eine unverarbeitete Verletzung. Den gleichen Gesichtsausdruck hatte sie vor fünf Jahren gehabt, als sie von hier fortgegangen war. »Das liegt lange zurück. Und was passiert ist, zwischen uns, ist vorbei. Wir sind vorbei, Brian.«

»Aber … wir waren doch mal so eng! Ich habe dich geliebt … und wir wollten nach California ziehen, damit ich studieren kann … und wir hatten über eine eigene Familie gesprochen …«

»Nein, Brian! Hörst du dir überhaupt zu? Das waren deine Wünsche, nicht meine. Du hattest mich völlig unter Druck gesetzt. Und bei dem kleinsten Streit hattest du nichts Besseres zu tun, als dich von Sarah Hopkins flachlegen zu lassen.« Ellys durchbohrte in förmlich mit wütenden Blicken. Plötzlich erinnerte sie sich wieder daran, dass sie manchmal das Gefühl hatte, neben Brian nicht genug Luft zu bekommen. Als würde er sich mehr Sauerstoff nehmen, als ihm zustand, wodurch kaum noch etwas für sie übrigblieb. Sie rang um Fassung. »Brian, es tut mir leid, dass ich damals von jetzt auf gleich verschwunden bin, aber ich hatte keine andere Wahl. Was zwischen uns war, ist vorbei.« Ihre Stimme wurde leiser, als würde sie über ein Geheimnis sprechen.

Brian wandte den Blick von ihr ab. Mit seinen Fingern nestelte er am Etikett seiner Bierflasche herum. Er seufzte. Es war ein schweres Seufzen, »Es war unfassbar dumm, was ich damals getan habe. Der Ausrutscher mit Sarah. Sie hat mir lange nicht so viel bedeutet wie du …« Er räusperte sich.

»Hör zu, es ist in Ordnung«, sagte Elly ruhig. »Wir sitzen hier alle irgendwie fest, das ist wohl so. Wenn wir weiterkommen wollen, müssen wir die Vergangenheit loslassen. Für mich gibt es keinen anderen Weg.« Elly drehte sich erneut zu Brian und sah ihm unverwandt in die Augen. Es gab nichts, was er jetzt noch sagen könnte, das ihre Entschlossenheit erschüttern würde. »Nun – dann, ähm, danke für den Chat.« Brian erhob sich vom Bordstein, schob die leere Bierflasche in seine Hosentasche und verbeugte sich mit einem Knicks vor Elly. »Lady Elly, es war mir eine Ehre!.« Er stockte kurz. »...vielleicht wirst Du eines Tages sehen und verstehen, zu welch Großem ich fähig bin.«

Noch lange blickte sie ihm hinterher, wie er ging. Wie seine Silhouette immer kleiner und kleiner wurde.

»Gott sei Dank ...« Elly schnaufte laut aus. Sie fischte ihr Telefon aus ihrem Rucksack und blickte erwartungsvoll auf das Display. Wieder keine Nachricht. Sie öffnete ihre SMS, blätterte durch einen endlosen Chatverlauf voller Smileys, Herzchen, langer Textblöcke und Bilder. Wieder einmal tippte sie in das Textfeld am Ende des Chats.

»WO ZUR HÖLLE BIST DU? ALLE SUCHEN NACH DIR! ICH VERMISSE DICH!!!«

Wie gewohnt beendete sie die Nachricht mit einer Reihe kleiner Herzchen, küssender Smileys und wieder Herzchen – und klickte dann auf »Senden«. Doch in derselben Sekunde ahnte sie, dass Toby Hanson ihr auch diese Nacht wieder eine Antwort schuldig bleiben würde. Elly ließ das Handy sinken, ihre Finger spielten nervös mit der Kordel ihres Rucksacks. Der leere Bildschirm schien sie auszulachen, doch ihre Gedanken drifteten zurück – dorthin, wo alles begonnen hatte. Es war bei den Schwimmmeisterschaften vor zwei Jahren, in einer Halle voller Jubel, Chlorgeruch und aufgeregtem Stimmengewirr. Elly war damals neu im Team gewesen, ein bisschen zu laut, ein bisschen zu ungestüm. Sie hatte all ihren Mut zusammengenommen und heimlich im Schwimmclub angemeldet. An diesem Tag hatte sie sich vorgenommen, zu beeindrucken – doch es schien alles schiefzugehen. Ihre Schwimmbrille saß nicht richtig, ihre Bahnen waren langsamer als im Training und das Team schien sie kaum zu bemerken.

Bis Toby Hanson auf sie zukam.

»Du hast an deinem Startsprung gearbeitet, oder?« Seine Stimme war ruhig, sein Blick direkt. Kein Hohn, keine Arroganz, nur eine sachliche Feststellung.

Elly, die sich innerlich schon auf Spott eingestellt hatte, brachte nur ein unsicheres »Ja« hervor.

»Das merkt man. Deine Technik sieht schon viel besser aus.« Dann war er gegangen, genauso leise und unaufgeregt, wie er gekommen war. Elly hatte ihm nachgesehen, wie er in der Ecke der Halle verschwand, ein Buch unter dem Arm, während andere lachten oder Selfies machten.

Von da an begegneten sie sich immer wieder. Toby war anders als alle, die sie kannte. Während die anderen Teammitglieder bei jedem Wettkampf lautstark ihre Siege feierten oder über ihre Verluste lamentierten, blieb er ausgeglichen. Still, aber nicht unnahbar. Immer mit einem Fokus, der Elly faszinierte.

Es begann mit kleinen Gesten. Ein aufmunternder Blick, wenn sie das Gefühl hatte, zu versagen. Ein kurzes »Gut gemacht«, wenn sie tatsächlich einmal ihre Zeit verbessern konnte. Und dann, an einem regnerischen Trainingstag, hatte er sie zum ersten Mal wirklich zum Lachen gebracht. »Ich glaube, die Hälfte des Pools besteht aus deinem Fluchen, wenn du den Start versemmelst«, hatte er gesagt, trocken wie immer, aber mit einem winzigen Schmunzeln. Von da an hatte sich etwas geändert. Sie sprachen öfter miteinander, erst über Schwimmtechniken, dann über Bücher, Musik und irgendwann über alles, was ihnen wichtig war. Toby hatte eine Art, zuzuhören, die Elly verwirrte. Er unterbrach nicht, lachte nicht an den falschen Stellen – er war einfach da. Und genau das hatte sie nach und nach in seinen Bann gezogen. Es war nicht nur seine Zielstrebigkeit, die sie beeindruckte, oder sein ruhiges Wesen, das sie manchmal mit einem leichten Gefühl der Ehrfurcht betrachtete. Es war, wie er sie ansah, wenn sie sich mal wieder in eine wilde Erklärung verstrickt hatte. Mit Geduld. Mit einer Aufmerksamkeit, die sie sich selbst oft nicht schenkte. Und so war es gekommen, dass Elly irgendwann bemerkte, wie sehr ihr Herz schneller schlug, wenn er in ihrer Nähe war. Wie sie sich dabei ertappte, ihn länger anzusehen, als sie sollte. Und wie sie plötzlich anfing, sich zu fragen, ob er jemals so an sie dachte, wie sie an ihn.

Jetzt, in der Dunkelheit, die nur von ihrem Handybildschirm erleuchtet wurde, fragte sie sich das mehr denn je: Was war mit Toby passiert??? Und vor allen Dingen, war er noch am Leben?

Kapitel 5
Ein Hund?

Die Werkstatt roch nach Motoröl und heißem Metall und das dumpfe Brummen eines alten Radios untermalte die Atmosphäre. Erik lag unter einem alten Ford Mustang, ein verrostetes Relikt aus besseren Tagen. Seine Hände waren bis zu den Unterarmen mit Öl verschmiert, als er einen Schraubenschlüssel ansetzte.

Die Werkstatttür wurde plötzlich aufgerissen und Sunny trat ein, ihre Sneakers quietschten auf dem betonierten Boden.

»Hey, Schraubengott, ich wusste, dass ich dich hier finde.«

»Wo sonst?« Eriks Stimme klang gedämpft, während er weiterarbeitete. »Was gibts?«

»Kann man nicht einfach mal vorbeischauen, um Hallo zu sagen?« Sunny schnappte sich einen Drehhocker und ließ sich darauf nieder. Sie schlug ein Bein über das andere und beobachtete ihn, während seine kräftigen Arme sich anspannten und die Sehnen unter seiner ölverschmierten Haut hervortraten.

Erik schob sich ein paar Zentimeter weiter unter das Auto, seine Stimme klang beiläufig:

»Kommt drauf an. Normalerweise bedeutet dein ‚Hallo‘, dass du was von mir willst.«

»Stimmt gar nicht.«

»Sunny.« Erik schob sich mit einem leichten Ächzen unter dem Wagen hervor und richtete sich auf. Seine braunen Augen fixierten sie misstrauisch, ein Schatten von Müdigkeit lag darin. Er wischte sich mit einem schmutzigen Tuch über die Stirn, was mehr Öl als Schweiß verteilte. »Was willst du wirklich?«

Sunny verzog das Gesicht. »Ich kann nicht einfach mal nett sein?«

»Sunny, ich kenne dich, seit du mir in der elften Klasse ein Sandwich geklaut hast. Nett bist du nur, wenn du etwas brauchst – oder wenn dir jemand leidtut.«

»Wow.« Sie schnaubte, lehnte sich auf dem Hocker zurück und verschränkte die Arme. »Das ist jetzt unfair. Dieses Sandwich war übrigens absolut gerechtfertigt. Du hattest zwei!«

»Es ging um Prinzip.«

»Prinzip, schminzip. Ich hab dir einen Keks gegeben.«

»Das war ein abgelaufener Keks.«

»Okay, jetzt lenkst du ab.« Sie deutete mit einem Finger auf ihn. »Du lenkst immer ab, wenn's um dich geht.«

Erik hob die Hände. »Was willst du hören, Sunny?«

»Dass es dir gut geht.«

»Es geht mir gut.«

»Das sagst du. Aber ehrlich?« Sie beugte sich vor, ihre Stimme wurde sanfter. »Du hängst nur noch hier in dieser Werkstatt rum oder verkriechst dich bei dir zu Hause. Und wenn du rausgehst, dann nur mit deinem Motorrad, als würdest du versuchen, irgendwas abzuschütteln.«

»Vielleicht genieße ich einfach meine Ruhe.«

»Ruhe? Du? Früher konntest du keine drei Minuten stillsitzen, ohne unruhig zu werden.«

Sie zog eine Augenbraue hoch.

»Und wenn wir schon dabei sind. Mal ganz ehrlich – wann wurdest du das letzte Mal flachgelegt?«

Erik ließ einen schnaubenden Laut hören, der irgendwo zwischen Belustigung und Abwehr lag.

»Geht's noch?? Das geht dich gar nichts an.«

»Doch, irgendwie schon.« Sie sah ihn ernst an, ihre Miene wirkte plötzlich verletzlich, fast zärtlich. »Du bist mein Freund, Erik. Und ich hasse es, dich so... festgefahren zu sehen. Du verdienst mehr, als nur hier vor dich hin zu vegetieren. Jemanden, der dich aus dieser Werkstatt rauszieht und dir zeigt, dass es noch mehr gibt als Öl und Ersatzteile.«

Erik legte das Tuch auf die Werkbank, seine Bewegungen langsamer als sonst. »Ich hab dir schon mal gesagt, dass Beziehungen nichts für mich sind. Meine Ehe hat mir das ziemlich deutlich gemacht.«

Er lehnte sich gegen die Werkbank, verschränkte die Arme vor der Brust. Unweigerlich kamen ihm Erinnerungen an Jess, seine Exfrau – seine Highschool-Liebe, mit der alles so einfach begonnen hatte. Jess war immer... nett gewesen. Klug, witzig, jemand, mit dem er reden konnte, ohne dass es jemals unangenehm wurde. In der Highschool waren sie die Sorte Paar gewesen, bei dem die Leute sagten: »Ihr passt perfekt zusammen.« Beide pragmatisch, beide ehrgeizig, beide ohne großes Drama in ihrem Leben.

Er erinnerte sich an die Tage, als sie zusammen für Tests gelernt hatten, während sie literweise schlechten Kaffee tranken. Wie sie ihn unterstützt hatte, als er sich auf die Polizeischule bewarb. Jess hatte immer einen Plan, einen klaren Kopf. Sie war sein Fels und er ihrer.

Aber war das wirklich Liebe gewesen?

Die Hochzeit war weniger eine romantische Entscheidung gewesen, sondern eher der nächste logische Schritt. »Wir waren ein gutes Team«, murmelte er leise zu sich selbst. Ein Team, das Aufgaben plante, sich gegenseitig den Rücken freihielt. Aber Leidenschaft? Nein. Leidenschaft war etwas, das er in ihrer Beziehung nie wirklich gespürt hatte. Er dachte an die ersten Monate ihrer Ehe. Alles hatte sich genauso angefühlt wie vorher. Kein Feuerwerk, keine unstillbare Sehnsucht. Nur eine ruhige, stabile Vertrautheit. Anfangs hatte er geglaubt, dass das genug war. Doch nach ein paar Jahren hatte er gemerkt, wie sein Interesse an Nähe – körperlich wie emotional – schwand. Er erinnerte sich an einen Abend, etwa drei Jahre nach ihrer Hochzeit, als Jess ihn darauf angesprochen hatte.

»Erik, ist irgendwas?« Ihre Stimme war sanft, aber besorgt. Sie hatte in ihrem gemeinsamen Wohnzimmer auf der Couch gesessen, ein Glas Wein in der Hand und ihn angeschaut, als würde sie versuchen, in ihn hineinzusehen.

»Wieso fragst du?« Er hatte sich damals gewunden, hatte sich über seinen Laptop gebeugt und so getan, als würde er arbeiten.

»Weil du... dich distanzierst. Du bist hier, aber du bist nicht wirklich da. Wir... haben kaum noch Sex. Und es fühlt sich an, als würde ich mehr mit einem Mitbewohner als mit einem Ehemann zusammenleben.«

Das hatte gesessen. Aber sie hatte recht. Und er wusste es.

»Es liegt nicht an dir, Jess«, hatte er schließlich gesagt. »Ich weiß nicht, was mit mir los ist. Es ist der Stress. Einfach zu zuviel um die Ohren.« Sie hatte ihn damals nicht gedrängt, nicht angeschrien. Jess war eben Jess – ruhig, vernünftig. Sie hatten darüber geredet, hatten versucht, etwas zu ändern. Aber im Grunde war nichts passiert. Er hatte ihre Nähe nicht mehr gesucht und irgendwann hatte sie aufgehört, darauf zu warten. Jetzt, Jahre später, erkannte er, dass es nicht an Jess gelegen hatte – oder an ihm. Es war einfach die Wahrheit: Sie waren nicht füreinander gemacht gewesen. Sie hatten sich geliebt, aber nicht auf die Art, wie ein Mann eine Frau lieben sollte, wenn er sein Leben mit ihr verbringen wollte.

Er dachte an die letzte Unterhaltung, die sie vor ihrer Scheidung geführt hatten.

»Erik, ich glaube, wir versuchen beide, etwas zu reparieren, das nicht kaputt ist. Es ist einfach... nicht das Richtige für uns.«

Und da war er mit ihr einer Meinung gewesen.

»Vielleicht waren wir immer nur Freunde, Jess«, hatte er damals gesagt.

»Die besten Freunde«, hatte sie gelächelt. »Aber keine Seelenverwandten.«

Die Scheidung war unkompliziert gewesen. Kein Streit, keine Bitterkeit. Wenn er ehrlich war, vermisste er sie manchmal. Aber nicht als Ehefrau. Sondern als Freundin. Er blinzelte und kehrte zurück in die Werkstatt. Die Erinnerungen verblassten, hinterließen nur ein leises Gefühl von Melancholie. Vielleicht hatte Sunny recht. Vielleicht versteckte er sich wirklich. Aber was, wenn er nicht der Typ für Liebe war? Er warf einen Blick auf den Mustang. Zumindest die waren zuverlässig.

»Vielleicht braucht nicht jeder eine Beziehung. Ich komme ganz gut alleine zurecht.«

»Kommst du das?«

»Ja, ganz offensichtlich. Und zudem, vielleicht bin ich einfach nicht der Typ dafür. Für dieses ganze Pärchen-Zeug. Und dann kommt irgendwann der große Knall und man streitet sich nur noch. Darauf habe ich gar keine Lust!«

»Okay, okay. Aber was ist dann Deine Option? Was bist du dann? Der Typ, der sich hinter Autos und Motorrädern versteckt, bis er irgendwann mal verrostet wie dieser Wagen hier?«

Ein kleines Lächeln huschte über seine Lippen, kaum mehr als ein

Schatten von Amüsement. »Das ist ein 1967er Mustang Fastback. Den könnte ich nie verrosten lassen.«

»Du weißt genau, was ich meine.«

»Vielleicht lege ich mir stattdessen einen Hund zu.«

»Einen Hund?« Sie zog eine Augenbraue hoch und verschränkte ihre Arme. »Du willst einen Hund?«

»Warum nicht? Hunde sind loyal. Und sie fragen nicht ständig nach meinem Liebesleben.«

Sunny stand auf, ihre Augen rollten gen Himmel. »Ein Hund. Natürlich. Weil ein Hund ja alles löst.« Sie ging ein paar Schritte zur Tür, bevor sie sich noch einmal umdrehte. »Weißt du was, Erik? Du bist der sturste Idiot, den ich kenne.«

Er grinste leicht.

»Aber ich bin dein Freund. Und dein Chef.«

Sie schüttelte den Kopf, öffnete die Tür und trat hinaus. Mit einem letzten Blick über die Schulter fügte sie hinzu:

»Du bist ein Idiot, Erik. Mach was aus Deinem Leben!«

Die Tür fiel ins Schloss und für einen Moment kehrte Stille in der Werkstatt ein, unterbrochen nur vom dumpfen Brummen des Radios. Erik stand einen Moment da, bevor er wieder schmunzelnd unter den Mustang kroch.

»mhh... vielleicht hat die Verrückte ja ein wenig recht..«, murmelte er leise. Aber er das würde er ihr gegenüber natürlich niemals zugeben.

Kapitel 6

Saatchi, Baby!

Mit müden Augen und einem leichten Druck in den Schläfen schloss Dustin am nächsten Morgen den Baumarkt auf. Es war kurz nach acht und die Kälte des frühen Tages schien noch immer in seinen Knochen zu sitzen. Routiniert schob er die schweren Kartons mit neuer Ware durch die Gänge, begann sie in die Regale zu sortieren. Dabei war er gedanklich weit weg, bei dem Gespräch, das ihn seit gestern nicht losließ. Emmas Worte hatten etwas in ihm bewegt – mehr, als er sich eingestehen wollte.

Er hatte die halbe Nacht wach gelegen, sich immer wieder gefragt, ob sie recht hatte. War er wirklich an einem Punkt angekommen, an dem Stillstand sich wie ein sicherer Hafen anfühlte? Er wusste, dass sie es gut meinte, auch wenn ihre Direktheit ihn kurz aus der Fassung gebracht hatte. Aber vielleicht war das genau das, was er gebraucht hatte.

Dustin spürte den Druck, dass es Zeit war, etwas zu ändern. Lange genug hatte er sich hinter Routinen versteckt, hinter der Sicherheit eines geregelten Alltags, der ihn immer weiter von seinen eigenen Wünschen entfernt hatte. Doch da war etwas in ihm, das sich regte – ein leiser Funken, kaum mehr als ein Flimmern, aber dennoch spürbar.

Er stellte den letzten Karton ins Regal, hielt inne und atmete tief durch. Heute fühlte sich irgendwie anders an. Nicht leichter, aber... möglich. Veränderung klang in seinem Kopf nach einem Wort, das schwer und angsteinflößend war. Aber es hatte auch etwas Befreiendes, etwas, das in ihm den Drang weckte, nach vorn zu schauen, anstatt zurück. Vielleicht war es das, worauf er so lange gewartet hatte, ohne es zu wissen. Seine Laune war heute deutlich besser als an den Tagen zuvor, was sogar seinen Chef Mr. Matthews überraschte. Normalerweise erlebte dieser Dustin als einen langweiligen und ruhigen Menschen, der immer allein sein wollte. Er war kein Schwätzer und unterhielt sich nicht einmal mit den Kunden. Eigentlich war Dustin immer etwas angespannt, wenn Mr. Matthews mit im Laden war. Der alte Mann mit seinen weißen, akkurat gescheitelten Haaren strahlte eine natürliche Autorität aus. Er hatte keine Familie und der kleine, vollgestellte Baumarkt war sein Ein und Alles.

Gegen Mittag betrat ein bekanntes Gesicht den Laden. Es war Jeremy Black, ein ehemaliger Mitschüler von Dustins College. Jeremy war, wenn man es so ausdrücken wollte, nicht die hellste Kerze auf der Torte. Sein Fokus lag eher auf den weiblichen Mitstudentinnen als auf dem Unterrichtsstoff. Dennoch legte er einen soliden Abschluss hin. Jeremy Black blieb wie angewurzelt stehen, als er ihn sah. »Dustin McNeal? Das gibt's doch nicht! Ich dachte, du wärst längst weg und würdest deinen Traum leben.« Dustin schnaubte amüsiert und begann zu lachen. »Jeremy Black! Kaum zu glauben, dich hier zu sehen, mein Alter!«

»Freut mich auch, dich zu sehen, McNeal«, erwiderte Jeremy und sie tauschten einen festen Händedruck aus. »Wie kann ich dir helfen, Sir?« Dustin grinste und verbeugte sich theatralisch.

»Ich brauche ein Schraubenset, verschiedene Größen«, antwortete Jeremy und sah sich im Laden um. »Bin bei meinen Eltern zu Besuch und versuche, die Standuhr von meinem alten Herrn wieder in Gang zu bringen.«

»Kein Ding. Sowas haben wir da.« Dustin verschwand hinter den Regalen, während Jeremy ihm nachsah. Kurz darauf kam er mit einem Schraubenset zurück. »Da ist es.«

»Perfekt. Danke, McNeal«, sagte Jeremy anerkennend. »Lebst du immer noch hier in der Gegend?« Dustin zögerte, bevor er nickte. »Ja ... ja, bin noch hier.« Er wollte nicht zugeben, dass er bei seinen Eltern wohnte – eine heikle Sache, die ihn jedes Mal peinlich berührte. »Und du? Wo hat's dich hingezogen?«

»Manhattan«, grinste Jeremy breit. »Habe bei Saatchi angefangen – richtig cooler Job und die Bezahlung passt auch.« Er lachte und klang dabei mehr als zufrieden.

Dustins Lächeln erstarb. Jeremy lebte also den Traum, von dem sie im Studium oft gesprochen hatten. Alle wollten einmal bei den Großen arbeiten, Kampagnen für die bekanntesten Namen der Welt entwerfen. Nur Dustin hatte nie wirklich seinen Weg dorthin gefunden.

»Und du, McNeal?« fragte Jeremy, als das Schweigen unangenehm zu werden drohte. »Warum hängst du immer noch hier rum?«

Dustin zuckte die Schultern und zwang sich zu einem Lächeln. »Es ist kompliziert.«Jeremy nickte nur, kramte sein Portemonnaie hervor und zahlte. Dustin nahm das Geld, zählte es ab und gab das Wechselgeld zurück. Jeremy grinste noch einmal und nahm das Schraubenset. »War echt nett, dich mal wieder zu treffen, McNeal.«

Dustin brachte nur ein angespanntes Lächeln zustande und nickte ihm zum Abschied zu. Er sah Jeremy nach, wie er den Laden verließ und zu einem großen, glänzenden Van ging.

Als er abends auf dem Sofa saß und versuchte, sich mit Chips und Super Mario abzulenken, murmelte er leise:

»Dieser Jeremy ... was für ein arroganter Arsch.«

Es schien, als hätte jeder aus seinem Jahrgang inzwischen einen guten Job und ein Leben, das sich sehen lassen konnte. Nur er selbst steckte fest, orientierungslos, frustriert und mit seinen Eltern im Nacken. Er hasste es, dass er nicht vom Fleck kam, dass er ständig gegen den Gedanken ankämpfen musste, einfach aufzugeben. Im Geiste sah er sich wieder auf seinem Motorrad, die Bundesstraße entlang, die Freiheit spürend, wenn er aufs Gas drückte.

Und wie immer führten seine Gedanken ihn zurück zu Erik. Sein Herz schlug schneller. Warum zur Hölle geht mir dieser übergroße Bär nicht mehr aus dem Kopf? Dustin schaltete das Videospiel aus, pfefferte den Controller auf sein Sofa, lehnte sich auf dem Teppichboden zurück und starrte an die Decke. Ob Erik auch an ihn dachte? Erik hatte bestimmt nicht das geringste Interesse an ihm und würde ausflippen, wenn er herausfände, dass Dustin ein Auge auf ihn geworfen hatte. In seiner hilflosen Erregung drückte er sich ein Kissen ins Gesicht und schrie: »Verdammte Scheißeeee!«

Endlich war Mittwoch. Heute würde er sein repariertes Motorrad abholen – und Erik wiedersehen. Sein Herz machte einen kleinen Sprung bei dem Gedanken. Er hatte sich extra freigenommen und plante, den Rest des Tages mit einer ausgedehnten Spritztour zu verbringen. Dustin musterte sich ein letztes Mal kritisch im Spiegel. Die sorgfältig gegelten Haare saßen perfekt, sein schwarzes, faltenfreies T-Shirt mit dem Logo seiner Lieblingsband »Kings of Leon« betonte seine Schultern und die moderne, enganliegende Jeans unterstrich seinen sportlichen Stil. Zufrieden nickte er sich selbst zu. Doch irgendetwas fehlte.

»Fehlt nur noch ... mein Helm!«, rief er plötzlich, als die Erkenntnis ihn traf. Er eilte zu seinem Kleiderschrank und begann hektisch darin zu wühlen. Shirts, Jacken und Schals flogen kreuz und quer durch die Luft, bis er endlich den Helm in den Händen hielt. Fast wie neu, dachte er mit einem zufriedenen Lächeln, obwohl das Ding schon etliche Jahre auf dem Buckel hatte.

Im selben Moment ertönte das Hupen vor der Tür. Janet, seine Mutter, machte wie immer unmissverständlich klar, dass sie es eilig hatte. Dustin schnappte sich den Helm, zog sich hastig die Jacke über und warf einen letzten Blick in den Spiegel. Okay, sieht gut aus. Kaum hatte er die Haustür hinter sich zugezogen, setzte Janet den Wagen schon in Bewegung. »Na, endlich!«, rief sie über ihre Schulter, während Dustin gerade noch die Beifahrertür zudrückte. Sie fuhr ungewöhnlich zügig durch die Straßen von Cedar Creek, die goldene Morgensonne warf flimmernde Lichtpunkte auf die Windschutzscheibe. Dustin klammerte sich unwillkürlich am Autositz fest. »Mom, alles okay? Du fährst wie bei der Rallye Dakar!«

Janet schnaubte. »Ich hab nachher noch einen Termin. Und außerdem weiß ich, wie wichtig dir das heute ist.« Sie zwinkerte ihm kurz zu, bevor sie mit Schwung um eine enge Kurve lenkte. Zwanzig Minuten später erreichten sie Manderfield, eine verschlafene Kleinstadt, in der die Zeit stehen geblieben zu sein schien. Dustin stieg aus dem Wagen und blieb einen Moment lang vor der Werkstatt stehen. Das Gebäude war ihm vertraut, doch heute wirkte es anders. Vielleicht lag es an seinem eigenen Herzklopfen, das laut und dröhnend in seinen Ohren hämmerte. Mit einem tiefen Atemzug schob er die Tür auf. Der Geruch von Motoröl und Gummi schlug ihm entgegen, begleitet von einem leisen Surren, das irgendwo aus der hinteren Werkstatt kam. Und da war er – Erik.

Der fast zwei Meter große Mechaniker trug diesmal kein Öl verschmiertes Arbeitszeug, sondern ein schwarzes Poloshirt und hellblaue Jeans, die seinen muskulösen Körper perfekt zur Geltung brachten. Seine Hände waren blitzsauber und er polierte gerade mit einem Tuch die Frontscheinwerfer von Dustins Yamaha. Das Motorrad sah nicht nur repariert, sondern wie neu aus.

»Da bist du ja!« Erik lächelte ihn an.

»Äh, ja. Was ist denn hier passiert?«

Dustin konnte den Blick kaum abwenden.

»Sie ist so gut wie neu.« Erik klopfte stolz auf den Scheinwerfer.

Dustin strahlte übers ganze Gesicht und strich bewundernd über den Lenker. Dann zog er ein paar Geldscheine hervor und hielt sie Erik hin, der sie mit einem Nicken in seine Gesäßtasche steckte.

Fasziniert musterte Dustin das Motorrad eingehend. »Wahnsinn. Sieht aus, als wäre sie direkt vom Band gelaufen. Sag mal, hast du heute noch was vor?«

Erik schmunzelte und warf einen Blick auf seine Kleidung. »Naja, ich schließe hier, sobald du weg bist. Wollte heute die Route 44 hochfahren.«

»Cool! Was für eine Maschine fährst du?«

»Eine? Na ja, das trifft's nicht ganz.« Erik zeigte auf eine Seitentür in der Werkstatt. Dustins Augen wurden groß, als er den Raum betrat. Vor ihm standen mehrere Motorräder, fein säuberlich aufgereiht, makellos sauber.

»Wow – ist das etwa eine Moto Guzzi 600? Von wann ist die?«

»1985.«

»Und eine Triumph Cruiser '73 – krass!«

Dustin sah ihn beeindruckt an.

»Sag mal, ähm… darf ich vielleicht… mitkommen? Ich hatte auch vor, eine Runde zu drehen.. und Du kennst hier in der Gegend sicherlich auch die cooleren Strecken und so… Also nur wenn das für Dich in Ordnung ist... ich will mich ja auch nicht aufdrängen oder so…«

Erik zögerte. Eigentlich hatte er vorgehabt, allein zu fahren – er liebte es, über die staubigen Straßen zu jagen und einfach sein eigenes Ding zu machen. Aber irgendwas an Dustin machte den Gedanken an Gesellschaft gar nicht so schlecht. Vielleicht sollte er heute mal aus seiner Routine ausbrechen.

Grinsend schob Dustin sein Motorrad aus der Werkstatt und setzte den Helm auf. Erik schloss das Rolltor ab und setzte sich auf seine Harley Chopper, ein silbergraues Geschoss aus Chrom und Stahl, ohne Macken, Kratzer und Schmutz. Mit seinem schwarz-matten Helm und der silbernen RayBan Fliegerbrille sah Erik ein wenig wie ein Gangster aus. Dustin sprang auf sein Motorrad und drückte den Anlasser durch. Der Motor schüttelte sich und erwachte zum Leben. Erik warf sein eigenes Motorrad an und schon waren sie auf dem Weg. Manderfield war weniger besiedelt als Cedar Creek. Sie bogen auf die endlos wirkende Bundesstraße ein. Links und rechts neben der Fahrbahn folgte unberührte Natur auf mächtige Berge und tiefe Wälder. Dustin war wie im Rausch, als er auf seiner Yamaha hinter Eriks blubbernder Harley dahinglitt. Nach einer Stunde erreichten sie schließlich einen Rastplatz und kehrten ein. Dustin öffnete den Reißverschluss seiner Jacke und begann sich Luft zuzufächeln. Er schwitzte wieder wie verrückt, die Nachmittagssonne war brennend heiß. Erik lachte auf. »Na, hast du dich unter der Lederjacke ordentlich durchgeschmort?«

»Absolut«, antwortete Dustin und zog die Jacke von den Schultern.

Erik verschwand kurz im kleinen Tankstellenshop und kam mit zwei Flaschen Wasser zurück. Er warf Dustin eine davon zu. »Ahhh... das war jetzt wirklich nötig!« meinte er, nachdem er einen großen Schluck genommen hatte.

Dustin grinste und nickte. Das Wasser kühlte ihn ab und der Schweiß begann langsam zu trocknen. Bald würden sie weiterfahren.

Eine plötzliche Idee schoss Dustin durch den Kopf. Er drehte sich zu Erik und lächelte schelmisch. »Und weißt du, wo wir noch viel mehr Abkühlung finden?«

Erik sah ihn verwundert an. »Wovon redest du?«

»Komm schon!« Dustin schwang sich auf sein Motorrad und ließ den Motor aufheulen. Erik verstand zwar nicht ganz, was er vorhatte, aber er hatte wohl keine Wahl und folgte ihm. Nach einer Weile bog Dustin auf einen ungeteerten Feldweg ab. Die Motorräder ruckelten über die Steine, bis sich schließlich ein See am Horizont abzeichnete. Dustin wendete seine Yamaha und hielt am Ufer an. Erik tat ihm gleich.

»Der alte Harris See«, sagte er.

»Ich war seit Jahren nicht mehr hier.«

Dustin gluckste und stieg von seinem Motorrad ab. Er löste die Schnürsenkel seiner Schuhe und fing an sich komplett auszuziehen.

»Komm schon!«, lachte er. Erik sah ihn perplex an.

»Was? Du willst da ernsthaft reingehen?«

Dustin rollte die Augen.

»Ach komm, alter Mann, trau dich doch mal!«

Freudig sprang er über den vom Sonnenlicht gewärmten Steg. Schritt für Schritt ließ er dabei ein Kleidungsstück nach dem anderen hinter sich fallen, bis er schließlich nur noch in Shorts fast am Rand des Stegs stand. Dann zog er auch die letzte Schicht aus und lief nackt weiter. Eriks Blick wanderte über Dustins muskulösen Rücken und den runden Po – das Letzte, was er sah, bevor Dustin mit einem eleganten Sprung ins Wasser eintauchte. Nur ein paar Meter vom Steg entfernt tauchte er wieder auf, das Wasser glänzte auf seiner Haut und er grinste breit. »Die Seeungeheuer haben heute bestimmt keinen Appetit auf einen Mechaniker! Und jetzt komm rein!« rief er zur Uferseite. Erik schwang das Bein über sein Motorrad und stellte es auf den Seitenständer. Mit einem genervten Seufzen riss er die Lederjacke von den Schultern, trapierte sie behuptsam über dem Lenker und begann sich auszuziehen. Die Socken landeten im Staub, dann öffnete er den Gürtel, streifte die Jeans ab und legte sie halbwegs ordentlich auf den Sitz. Zum Schluss schob er sich die Boxershorts über seine Hüften und legte sie auf seine Jeans. Langsam ging er richtung Ufer, seine nackten Füße hinterließen Abdrücke im feuchten Sand. Das Wasser vor ihm war dunkel und glatt, spiegelte den Himmel wie ein kalter, stiller Spiegel. Er blieb kurz stehen, holte tief Luft und trat hinein. Das kühle Nass zog ihm die Hitze des Tages aus den Knochen, ein Schauer lief über seinen Rücken. Ohne zu zögern tauchte er ein, ein sauberer Schnitt durch die Oberfläche. Als er wieder auftauchte, spürte er den Blick seines Begleiters auf sich, der ein paar Meter weiter draußen im Wasser dümpelte und ihn grinsend beobachtete. Erik stand bis zur Brust im Wasser und sah Dustin zu, wie er mit kraftvollen Zügen weiter in den See hinaus schwamm. Das kalte Wasser umspielte Dustins sonnenwarmen Körper und seine Bewegungen waren geschmeidig, fast lautlos wie die eines Raubtieres. Erik spürte, wie sich sein Körper langsam entspannte. Er konnte sich nicht erinnern, wann er zuletzt so vergnügt gewesen war – wann er das letzte Mal jemandem ohne Vorbehalte begegnet war. Sunny hatte recht gehabt. Über die Jahre war er zunehmend härter geworden, hatte eine Mauer um sich errichtet, die nur schwer zu durchdringen war. Er hatte niemanden mehr wirklich nah an sich herangelassen, als ob Nähe eine Schwäche wäre, die er sich nicht mehr leisten konnte. Es gab Tage, da fühlte er sich wie ein Fremder in seinem eigenen Leben, fast wie eine alte, ausgediente Version seiner selbst. Als Dustin, nach einer Weile, in seine Richtung zurückschwamm, stand Erik immer noch reglos im Wasser, in Gedanken versunken. Doch als Dustin ihn erreichte, tauchte Erik abrupt unter, fast spielerisch. Dustin hielt inne, überrascht und ein wenig verdutzt. Dann tauchte Erik wieder auf, mit einem breiten Grinsen und Wangen, die er wie ein Frosch aufgeblasen hatte und spritzte Dustin eine kalte Ladung Wasser direkt ins Gesicht. Für einen Moment war es, als ob er seine alten Lasten abstreifen könnte, als ob eine längst verschollene Leichtigkeit für einen Augenblick zurückgekehrt wäre. Er lachte überrascht und wischte sich die Tropfen aus den Augen. Als Dustin zu Erik hinübersah, hielt er kurz inne. Da war etwas in Eriks Blick – ein warmes, fast sanftes Glitzern, das Dustin nicht erwartet hatte. Es passte nicht zu der selbstbewussten Coolness, die Erik bisher an den

Tag gelegt hatte. Dann lachte Erik, ein offenes, leichtes Lachen, das Dustin unwillkürlich mitreißte. Ihr Geplänkel kippte ins Spielerische und plötzlich spritzten sie sich gegenseitig Wasser ins Gesicht, die Bewegungen hektisch und völlig unkoordiniert. Dustin versuchte, Eriks Angriffe abzuwehren, aber der hatte eindeutig mehr Ausdauer. Schließlich landete Erik einen Treffer, der Dustin keuchend zurückweichen ließ. »Aufgegeben?« fragte Erik grinsend, das Wasser lief ihm in Strömen über das Gesicht. Dustin schnaufte nur und hob die Hände. „Du gewinnst. Dieses Mal." Schwer atmend ließen sie sich am Ufer in den Sand sinken, das Wasser perlte über ihrer Haut, die langsam trocken wurde. Für einen Moment sagten sie nichts, hörten nur das leise Plätschern des Sees. Es fühlte sich seltsam friedlich an – und gleichzeitig elektrisierend. Dustin verspürte wieder dieses ungewohnte Kribbeln, eine unerklärliche Anziehungskraft, die ihn plötzlich zu Erik hinzog. Dieser lag mit ausgestreckten Beinen direkt neben ihm, die Hände hinter dem Kopf verschränkt und ein zufriedenes Lächeln auf den Lippen. Dustin ließ seinen Blick unauffällig über Eriks nackten Körper wandern, so als würde er sich gerade bloß umsehen. Das Sonnenlicht glitt über seine gebräunte Haut, die von feinen dunklen Härchen bedeckt war und in der Bewegung leicht glänzte. Seine breite Brust und die kräftigen Arme erzählten von Stunden im Fitnessstudio oder auf dem Spielfeld – Football vielleicht? Quarterback? Erik hatte diese selbstverständliche Präsenz, die von jemandem kam, der gewohnt war, sich durchzusetzen. Dustin ließ seinen Blick tiefer wandern, über die starken Beine, die mit jedem Schritt die Art von Kraft zeigten, die man nicht übersehen konnte. Doch dann fiel ihm der leichte Bauchansatz ins Auge, ein sanfter Schwung, bedeckt von einem dunklen, weichen Flaum. Unweigerlich verglich er das, was er vor sich sah mit sich selbst. Er selbst war stets glattrasiert, sorgfältig und penibel. Auch unterhalb der Gürtellinie. Bei Erik war es anders. Zwischen seinem Bauchnabel und dem Beginn seines Schaftes war das Haar nur leicht gestutzt, wild und doch gezähmt. Und Erik war unbeschnitten. Für einen Moment fühlte er sich wie gefangen, unfähig, den Blick abzuwenden, »Wie ist's in Cedar Creek?« fragte Erik schließlich und brach die Stille. »Ach, äh... wie überall in Utah. Immer heiß und nicht viel los«, antwortete Dustin aus seinen Gedanken gerissen und mit leicht rotem Kopf. *Ertappt.*

»Ahja. Was machst du beruflich?«

»Ich arbeite in ,nem Baumarkt«, sagte Dustin knapp, in der Hoffnung, das Thema schnell abzuhaken. In diesem Moment knurrte sein Magen laut und ihm fiel wieder ein, dass er heute noch nichts gegessen hatte. Für Frühstück war einfach keine Zeit gewesen. Erik grinste. »War das etwa ein Seeungeheuer, das da knurrt?«

»Könnte man meinen«, sagte Dustin. »Ehrlich gesagt, ich bin echt am Verhungern.«

»Na, dann wird's Zeit, dass wir dich füttern.«

Erik erhob sich und klopfte sich den Sand von den Händen. »Komm, zieh dich an. Zeit was zu essen, junger Mann.«

Dustin stand zögernd auf. »Wohin fahren wir?«

»Zu mir.«

Als sie sich dem Haus näherten, fiel Dustins Blick auf den Garten, der erstaunlich liebevoll gepflegt war. Zwischen dem sattgrünen, akkurat geschnittenen Rasen standen Beete voller Wildblumen in sanften, warmen Farben und große Lavendelbüsche.

Die Fassade des Hauses war in einem klaren, strahlenden Weiß gestrichen, das mit der großen Veranda eine einladende Ruhe ausstrahlte. Neben der Eingangstür rankte eine wilde Clematis empor, die dem Haus etwas gemütliches, fast verwunschenes verlieh. Dustin spürte, wie seine nervöse Anspannung allmählich von ihm abfiel. Hier, in dieser friedlichen Umgebung, fühlte er sich sicher – eine seltsame, unerwartete Geborgenheit.

»Hey, ähm, kann ich mal kurz dein Bad benutzen?«

»Klar – hier den Gang hinunter und dann links.«

Dustin nickte, legte seinen Helm auf dem hölzernen Küchentresen ab und warf seine Jacke lässig aufs Sofa.

Sofort fiel ihm auf, wie geschmackvoll das Haus eingerichtet war – eine Mischung aus modernem Südstaaten-Charme und klaren Linien. Alles war makellos sauber und sorgfältig arrangiert, fast wie in einem Magazin. Er fand das Badezimmer und schloss die Tür hinter sich, um kurz durchzuatmen.

Das Haus überraschte ihn. Es passte so gar nicht zu dem Bild, das er sich von Erik gemacht hatte. Während er nervös sein Spiegelbild betrachtete, roch er an seinem T-Shirt, zog es dann aus und begann, sich unter den Achseln zu waschen. »Scheiße, was ist los mit dir? Jetzt chill doch mal«, murmelte er sich selbst zu, halb schmunzelnd über seine eigene Unsicherheit. Er befeuchtete seine Haare und strich sie ordentlich zurück. Als er sich wieder gesammelt hatte, kehrte er zurück in die Küche, wo Erik ihm bereits ein Glas Wein bereitgestellt hatte. »Hier, für dich.« Erik deutete mit einem Messer, das er gerade abtrocknete, auf das Glas.

»Danke«, sagte Dustin und nahm das Glas. Während Erik in der offenen Küche beschäftigt war, schlenderte Dustin neugierig durch das Wohnzimmer. Eine farblich sortierte Schallplattensammlung nahm einen Großteil eines großen hölzernen Wandregals ein. Auf einem schwarzen Ledersofa lag eine schwere, blau-gelb gestrickte Wolldecke, die etwas heimeliges ausstrahlte. An den Wänden hingen Landschaftsgemälde in Öl, flankiert von unzähligen Büchern und vereinzelten Tiergeweihen, die dem Raum eine rustikale Note verliehen. Abseits, fast dezent im Schatten, stand ein großer Kerzenständer. Jeder Gegenstand wirkte mit Bedacht gewählt und erzählte auf subtile Weise eine eigene Geschichte. Dustin konnte sich dem Gefühl von Behaglichkeit kaum entziehen. »Wirklich schön hast du es hier«, sagte er anerkennend und sah zu Erik hinüber, der mit einem Lächeln zu ihm zurückblickte. Erik lachte. »Ordnung ist das halbe Leben!«, rief er aus der Küche. »So – fertig. Fütterung. Setz dich.« Dustin setzte sich an einen großen runden Holztisch und blickte auf eine Riesenportion Lasagne mit einem frischen, grünen Salat.

»Noch ein Glas?« Erik hob eine Rotweinflasche hoch.

»Klar, danke. Mensch, das sieht ja super aus. Ich liebe selbstgemachte Lasagne. Kochst du oft?«

»Mehr oder weniger, ja. Sunny war gestern Abend zu Besuch.«

»Cool. Ihr seid eng befreundet?«

»Ja, seit Jahren. Sie kümmert sich um die Finanzen der Werkstatt und ist mir mittlerweile echt ans Herz gewachsen.«

Dustin nickte mit der ersten Gabel Lasagne im Mund.

»Sie ist wirklich supernett!«

»Und wie siehts bei dir aus, Dustin aus Cedar Creek? Kochst du auch?«

Erik lächelte Dustin dabei frech an.

»Nun ja. Meine Mum. Ich wohne noch zu Hause.«

»Ah … Hotel Mama. Das Beste. Willst du nicht was Eigenes?«

Dustin nahm einen beherzten Schluck Rotwein. Nicht schon wieder dieses Thema. »Schon, ja. Aber mal schauen. Ich möchte erstmal für mich klären, was ich beruflich machen will. Ich dachte, dass das, was ich eigentlich machen wollte, das Richtige sei. Aber leider musste ich auf dem College feststellen, dass ich falsch lag. Naja und seither bin ich irgendwie zu Hause gestrandet. Aber das wird schon …« Erik nickte. Seine Mimik hatte überraschenderweise etwas sehr Verständnisvolles. Fast schon in sich gekehrt sagte er: »Ja, es kann einen schon ziemlich aus der Bahn werfen, wenn man feststellt, dass die eigene Bestimmung doch nicht das Richtige ist …«

Ihre Blicke trafen sich und Dustin spürte, dass da etwas in Erik vergraben lag. Die Sonne war schon untergegangen, als Erik die benutzten Teller in seiner Spülmaschine verstaute. Dustin stand an der Tür zum Garten hinter dem Haus und blickte auf riesige Büsche, welche sich an bunte Pflanzen und kleine Bäume reihten. Er spürte auch, wie der Rotwein langsam seine Wirkung entfaltete.

»Cool, eine Schaukel!« Er stolperte auf die Veranda und ließ sich auf die Schaukelbank plumpsen.

Erik kam hinterher und schmunzelte, als Dustin versuchte, die Holzbank zum Schwingen zu bringen. Er folgte ihm auf die Veranda, setzte sich neben Dustin und drückte ihm ein Glas Cola in die Hand. Dustin nahm einen kräftigen Schluck und lächelte.

»Soooo Mister – wie lange bist du eigentlich schon hier in Manderfield? Wie lange gibt es deine Werkstatt schon?« Dustin hielt sich an seinem Getränk fest und fixierte Erik mit den Augen.

»Mh. Acht Jahre schon. Seit ich aufgehört habe, Polizist zu sein.«

»Du warst ein Bulle?«

»Polizist«, korrigierte Erik.

»Warum hast du gekündigt?«

»Nun ja. Das ist alles nicht so gelaufen, wie ich es mir vorgestellt hatte …« Erik räusperte sich. Das Thema schien ihm eindeutig unangenehm zu sein. »Erik, kein Problem. Das geht mich ja nichts an.

Du musst nicht darüber reden.«

»Nein, es ist in Ordnung. Es macht mir nichts aus.« Erik nahm einen Schluck von seinem Wein und räusperte sich. »Es war mein Kindheitstraum, Polizist zu werden«, begann er. »Ich habe immer nur darauf hingearbeitet. Und als es dann so weit war, war ich extrem stolz. Ich wollte meinen Job gut machen und der Beste sein.« Gebannt lauscht Dustin Eriks Erzählung.

»Ich begann meine Karriere in einem Vorort von Sacramento. Aber ich war so gut in dem, was ich tat, dass ich schon nach wenigen Jahren Kriminalkommissar wurde. Ich hatte jedoch keine Ahnung, dass das den Anfang vom Ende meiner Karriere bedeuten würde.«

»Shit, das tut mir echt leid, Erik.«

»Schon gut, ich bin jetzt darüber hinweg.«

»Was ist denn bloß passiert?«

Erik holte tief Luft. »Es war dieser eine große Fall. Ein Brandstifter trieb damals in Sacramento sein Unwesen. Häuser wurden niedergebrannt und es war nur eine Frage der Zeit, bis weitere unschuldige Menschen sterben würden. Jemand musste einschreiten, den Täter zur Rechenschaft ziehen.«

»Und das warst du.«

»Genau. Aufgrund meiner Erfahrung war ich einer der besten Männer für den Job und ich wurde sofort mit dem Fall betraut. Ich engagierte mich sehr und setzte alles daran, den Täter zu fassen. Der verrückte Brandstifter tötete Menschen und zerstörte Immobilien im Wert von Millionen. Schließlich nahm ich den vermeintlichen Täter fest und ein paar Wochen später wurde er angeklagt. Ich war mir absolut sicher, dass er für die ganzen Verbrechen verantwortlich war, aber der Richter entschied, dass es nicht genügend Beweise gab. Er wurde entlassen. Und letzten Endes war ich mitverantwortlich dafür, dass ich nicht genügend stichhaltige Beweise gesammelt hatte.«

»Das muss schwer zu verkraften gewesen sein, nach all der Zeit und Energie, die du investiert hattest.«

Erik seufzte. »Ja und es kam noch schlimmer. Achtundvierzig Stunden nach der Entlassung des mutmaßlichen Täters steckte dieser ein weiteres Haus in Brand. Ganze dreißig Menschen verloren ihr Leben, darunter auch Kinder. Sie verbrannten bei lebendigem Leib.«

»Oh mein Gott, Erik, wie schrecklich!«

Dustin hielt sich schockiert die Hände vor sein Gesicht.

»Das war es. Ich verfiel in Depressionen. Ich hatte das Gefühl, dass es meine Schuld war, dass diese Menschen ihr Leben verloren hatten. Ich wusste sehr wohl, dass er der Täter war, aber ich dachte, ich hätte besser daran getan, stichhaltige Beweise zu sammeln, um ihn festzunageln. Ich konnte es nicht überwinden. Meine Frau musste mich zunächst ertragen, aber dann hatte sie die Nase voll und unsere Ehe ging in die Brüche. Ich habe seit mehreren Jahren nicht mehr mit ihr gesprochen.«

»Das tut mir so leid, Mann. Du hattest es wirklich schwer.«

»Ganz genau. Ich wünschte aber, es würde dort enden.«

»Warte, was?«

»Mein Vater wurde schwer krank und starb kurz darauf. Ich musste schließlich bei der Polizei aufhören und zog nach Manderfield.«

»Mann, du hast wirklich eine Menge durchgemacht.«

»Harte Zeiten sind nicht von Dauer, Dustin. Harte Menschen schon.« Erik versuchte zu lächeln.

»Ja, ja«, murmelte Dustin.

»Ich finde Trost in Gesprächen mit meiner Mutter oder bei Besuchen in ihrer neuen Wohnung, wo sie allein lebt. Ich gehe auch gerne wandern und mache lange Touren mit meinen Motorrädern. Und ich liebe mein Leben in Manderfield. Ich habe die Westküste schon immer geliebt, seit ich klein war. Ich habe hier einen geregelten Tagesablauf und mein Job erfüllt mich, wirklich. Und bei allem, was ich durchgemacht habe, bin ich mir nicht sicher, ob ich noch mit jemandem zusammen sein will. Mir ist über die Jahre klargeworden, dass ich nicht alles haben kann und ich möchte nicht, dass mir jemand zu nah kommt, weil es wehtun würde, ihn zu verlieren.«

Dustin seufzte. »Ich verstehe dich, Mann. Und, es tut mir wirklich leid, was du durchmachen musstest.« Er war mehr als überrascht über Eriks offene Wort und seine Art Lebensbeichte. Er hatte in den letzten Stunden so viel über ihn erfahren, dass er sich immer mehr zu ihm hingezogen fühlte. Auf welcher Art und Weise auch immer.

»Motorradfahren ist für mich fast das Wichtigste im Leben«, sagte Erik nach einer Weile. »Das ist die pure Freiheit. Dann habe ich das Gefühl, ich würde fliegen.«

»So fühle ich mich auch«, sagte Dustin. »Wie ein Adler.«

Ein kurzes Lächeln huscht über Eriks Gesicht und er blickte Dustin tief in die Augen. »Ja. Wie ein Adler.«

Das Gespräch verstummte, doch sie wandten ihre Blicke nicht voneinander ab. Genau in diesem Augenblick, gebettet auf einer schnell wachsenden Vertrautheit, schien die Zeit für einen kurzen Moment stillzustehen. Dustin hatte die Welt um sich herum vergessen – übrig blieb nur sein pochendes Herz, angetrieben von der Faszination, mit der sein Gegenüber ihn immer mehr in den Bann zog. Wie von einer fremden Kraft gelenkt, beugte er sich zu Erik und legte zögerlich seine Lippen auf dessen. Erik erstarrte.

Doch als Dustin sich zurückziehen wollte, erwiderte Erik sanft den Kuss. Dustin spürte erneut Eriks weiche, volle Lippen und schmiegte sich zärtlich an ihn. Der Geschmack von Rotwein vermischte sich mit dem süßlich würzigen Duft von Eriks Haut.

Er spürte, wie Eriks Zunge auf die seine traf.

Schließlich lösten sie sich voneinander. Eriks Augen waren tellergroß, als Dustin ihn ansah. Sein Gesichtsausdruck spiegelte eine Mischung aus Überraschung und Entsetzen und eine deutliche Anspannung lag in der Luft. Dustin verstand sofort, dass er das nicht hätte tun sollen. Erschrocken sprang er auf.

»Ääääääääääh … Ich glaube, ich sollte jetzt gehen.«

Dustin schnappte sich seinen Helm, stürmte aus Eriks Haus, sprang auf sein Motorrad und raste los.

Was zur Hölle war da gerade passiert?

Kapitel 7
Erik

»Verdammte Scheiße!« Eriks Füße stampften vor Wut auf den Boden. Er lag unter dem Transporter von Mr. Stevenson vergraben und schraubte am Unterboden herum.

»Naaaa, wer ist denn heute wieder ein Quell der Freude?« Sunny zog sich einen Stuhl heran und setzte sich neben den aufgebockten Truck. »Was ist los?« Sie kannte Erik schon so lange, dass sie sofort spürte, wenn ihn etwas beschäftigte.

»Es ist nichts!«

Er hatte die ganze Nacht wachgelegen. Und auch jetzt dachte er immer noch darüber nach, was gestern mit Dustin passiert war. Er hatte noch nie … und er war ja nicht … aber da war diese gewisse Vertrautheit, die von Dustin ausging. Und dann hatte dieser ihn geküsst, einfach so.

»Okay, hier stimmt definitiv etwas nicht.« Sunnys Neugierde war geweckt und Erik wusste, dass sie nicht so einfach lockerlassen würde.

»Also gut!« Erik rollte unter dem Truck hervor und setzte sich auf. Er blickte sie finster an und wedelte mit einem Drehschlüssel vor ihrem Gesicht. »Schwöre, dass du das definitiv niemanden erzählen wirst!«

»Oh mein Gott, Eeeeerik – erzähl schon! Ich schwöööööre.«

»Okay. Also, ich war gestern mit diesem Jungen aus Cedar Creek unterwegs.«

»Dustin.«

»Ja. Es war echt witzig und er ist wirklich easy going. Und Du meintest ja auch immer zu mir, dass ich mehr an meinen Social Skills arbeiten muss. Also hatte ich ihm dann noch den Rest der Lasagne angeboten und wir hatten ein paar Drinks auf der Veranda. Alles ganz easy und entspannt.«

»Ja und?« Sunny wurde immer ungeduldiger.

»Naja. Urplötzlich versuchte er, mich zu küssen!«

Sunnys Interesse war geweckt »NICHT DEIN ERNST!

Er versuchte oder er hat dich geküsst?«

»Naja. Wir haben uns geküsst. Definitiv.« Erik blickte zu Boden, kramte einen Lappen aus seinem Latz hervor und wischte sich damit wiederholt die Hände ab.

»Nicht – dein – ernst, Erik!« Als hätte sie im Lotto gewonnen, klatschte Sunny laut lachend ihre Hände zusammen.

»Was soll denn jetzt dass bitte?«

»Ach Erik! Es war nur ein Kuss!«, betonte sie.

»Ja. ABER wie kommt der Typ auf so ne scheiß Idee? Ich mein... Ich bin nicht ... Ich kann nicht … ich habe NOCH NIE..«

Erik wurde immer lauter.

»Erik, der Junge MAG dich! Und ganz ehrlich, wie lange ist es her, dass dir jemand so richtig nah war? Du hast dich so in deiner Höhle versteckt, ich glaube, du weiß selbst nicht mehr, wer du bist. Oder viel mehr, wer du sein könntest!«

Sie beugte sich zu ihm hinunter und blickte tief in seine Augen. »Erik, ganz ehrlich: Es war nur ein Kuss. Zudem ist es scheißegal, auf wen du stehst. Solange es sich für euch BEIDE gut anfühlt, ist es richtig. Und noch was: Wenn dich das alles so beschäftigt, ist dir der Kuss wohl nicht so egal, oder?« Erik atmete tief ein und aus. Er fühlte sich ertappt. Grinsend beugte sich Sunny zu Erik hinunter und küsste ihn auf seine Stirn. »Ich hab dich lieb, mein großes Monchichi. Hör endlich mal wieder auf deine innere Stimme. Die weiß schon, was richtig für dich ist!« Sunnys Worten trafen Erik überraschenderweiße tiefer, als er zugeben wollte. Was am Vorabend passiert war, hatte etwas in ihm ausgelöst. Vielleicht hatte es ihn verändert.

Spät abends, als er endlich zu Hause war, konnte Erik die Unruhe nicht abschütteln. Sie nagte an ihm, leise, aber stetig, wie ein störendes Hintergrundgeräusch, das sich nicht abschalten ließ. In der Küche lief er hin und her, ohne Ziel, nur um die Gedanken in Bewegung zu halten. Seit Jahren war er es gewohnt, niemanden zu nah an sich heranzulassen. Das hatte funktioniert, besser als alles andere. Und jetzt? Jetzt hatte ein einziger Moment all das infrage gestellt. Er starrte auf das Weinglas, das er in der Hand hielt und schnaubte leise. Es war lächerlich, dass ihn das so beschäftigte. Es war doch nichts weiter gewesen als ein impulsiver Augenblick. Aber es ließ ihn nicht los, nicht wirklich.

Er ging ins Wohnzimmer und sein Blick fiel auf die Couch. Dustins Lederjacke lag immer noch dort, wo er sie achtlos hingeworfen hatte. Erik hob sie auf und hielt sie kurz in der Hand. Das weiche Leder fühlte sich kühl an, schwer, fast wie ein Fremdkörper. Er roch daran.

Für einen Moment dachte er daran, den Abend einfach zu vergessen. So, wie er es mit allem gemacht hatte, das zu nah an ihn herangekommen war. Doch dann kamen die Bilder wieder. Dustin, der ihn ansah, sicher und ohne Zögern. Der Kuss, der keine Vorsicht oder Zweifel zugelassen hatte. Erik hatte sich davon überraschen lassen – mehr von sich selbst als von Dustin.

Er ließ die Jacke wieder auf die Couch fallen und ging zurück in die Küche. Der Rest des Weins landete im Abfluss. Es war keine große Geste, aber es fühlte sich an wie ein Schlussstrich.

Als er im Bett lag, die Arme hinter dem Kopf verschränkt, hing sein Blick an der Decke fest. Mit starrem Blick versuchte er sich zu beruhigen.

»Es war nichts«, sagte er leise zu sich selbst. Er wusste nicht, wie er es anstellen würde, aber er musste Dustin aus seinem Kopf bekommen um wieder zur Normalität zu finden. Definitiv.

Kapitel 8

F*#%$!

Seit dem Vorfall auf Eriks Veranda hatten Dustin und Erik keinen Kontakt mehr gehabt – das Ganze lag nun schon einige Tage zurück. Mehrmals hatte Dustin überlegt, Erik anzurufen und sich zu entschuldigen, aber er fürchtete dessen Reaktion. Die Situation war ihm einfach extrem unangenehm. Trost und Verständnis fand er bei seinen Freunden Brian und Elly, die ihm die Sache klipp und klar erklärten: »Mein Gott, ihr habt einen schönen Tag miteinander verbracht, ein bisschen was getrunken… es war nur ein Kuss. Kein Grund, ein Drama daraus zu machen!«

Um sich weiter abzulenken, nahm Dustin zusätzliche Doppelschichten im Baumarkt an. So hatte er wenigstens etwas zu tun und musste sich nicht ständig seinen negativen Gedanken stellen. An einem Abend stand er mit den Ellenbogen auf den Tresen gelehnt, das Gesicht in die Hände gestützt. Seit über zwei Stunden war kein Kunde mehr im Laden gewesen und es sah nicht so aus, als würde heute noch jemand kommen.

Den ganzen Tag über war ihm langweilig gewesen, was seine schlechte Laune und die quälenden Gedanken nur noch verstärkte. Immer wieder ließ er die Szene in Eriks Haus Revue passieren und gab sich selbst die Schuld daran. Er hatte sich von seinen Gefühlen leiten lassen, die Situation völlig falsch eingeschätzt und Erik geküsst – ohne überhaupt zu wissen, ob dieser das wollte. Erik war ihm wichtig und mit dieser unbedachten Aktion hatte er ihre Freundschaft aufs Spiel gesetzt. Am liebsten hätte er sich irgendwo versteckt, um seiner Scham zu entfliehen. Seufzend blickte er zur

Wanduhr über der Tür zum Lager, die mit ihrem lauten Ticken die einzige Geräuschquelle im stillen Laden war. Abgesehen von Mr. Matthews, der am anderen Ende des Ganges Kartons stapelte.

Mr. Matthews war ein älterer, schlanker Mann mit einem akkurat gekämmten Seitenscheitel, um die Glatze darunter zu verbergen. Seine Frau war schon lange verstorben und der kleine Baumarkt war für ihn immer wie ein eigenes Kind gewesen. Emma, die Kollegin, hatte ihn einmal mit Mister Burns aus den Simpsons verglichen, da er inzwischen leicht gebückt ging. Dustin hatte die Stelle damals sofort angenommen, weil er nach dem College dringend einen Job brauchte. Jetzt fühlte es sich an, als wäre er hier gefangen – eine Zukunft, die er sich nicht wünschte.

»Hey, mein Junge«, rief Mr. Matthews und riss Dustin aus seinen Gedanken.

Dustin zuckte zusammen.

»Alles in Ordnung mit dir?« fragte Mr. Matthews.

»Es ist nichts, Sir.«

Mr. Matthews seufzte. »Es scheint, als kämen heute kaum noch Kunden«, sagte er dann. »Ich denke, wir können früher schließen.«

Dustin blickte überrascht auf. »Wirklich?« fragte er lustlos. Eigentlich hatte er gehofft, dass er hier noch etwas beschäftigt sein würde.

Mr. Matthews schmunzelte leicht. »Ja«, bestätigte er und bewahrte ein ernstes Gesicht, um seine Besorgnis nicht zu zeigen. »Schließ den Laden ab und bring mir danach die Schlüssel. Ich kümmere mich noch um die Buchhaltung.«

»Okay, Sir.« Dustin machte sich sofort an die Arbeit. Er sprang von der Theke, griff nach einem Besen und fegte den Laden schnell durch. Den Abfall warf er in den Müll, holte einen Müllsack und verstaute alles ordentlich darin. Schließlich nahm er die Schlüssel aus der Schublade und brachte sie zu Mr. Matthews, der an seinem Schreibtisch saß.

»Gute Nacht, Sir«, verabschiedete er sich.

Mr. Matthews nahm die Schlüssel und lächelte still. »Gute Nacht, Dustin. Pass auf dich auf.«

Dustin nickte und verließ den Laden mit dem Müllsack. Draußen warf er die Tüte in die Mülltonne, bevor er zu seinem Motorrad ging. Er zog seine Lederjacke an, setzte den Helm auf und startete die Maschine. Der Motor erwachte mit einem kraftvollen Dröhnen zum Leben. Dustin legte den Gang ein, ließ den Motor kurz hochdrehen und überlegte, wohin er fahren sollte. Er fühlte sich angespannt und wusste, dass er noch nicht nach Hause wollte. Plötzlich hatte er eine Idee.

Ohne zu zögern, bog er in eine andere Straße ein und beschleunigte. Er schlängelte sich zwischen den Autos hindurch und steuerte das Schwimmbad an. Die Nachtbeleuchtung war bereits eingeschaltet und das Mondlicht ließ das Wasser glitzern. Dustin zog sich in der Umkleide schnell um und beschloss, einfach in seiner schwarzen Unterwäsche ins Wasser zu gehen.

Am Beckenrand setzte er sich hin und ließ die Beine ins warme Wasser baumeln. Er lächelte entspannt, bevor er sich langsam hineingleiten ließ. Einen Moment hielt er die Luft an, tauchte ein Stück und kam prustend wieder an die Oberfläche. Er seufzte tief – endlich ein Gefühl der Erleichterung. Das warme Wasser half ihm, seine angespannte Muskulatur zu lockern und Erinnerungen an seine Zeit im Schwimmverein wurden wach.

Damals, in der Highschool, war er einer der besten Schwimmer gewesen. Diese Zeit fehlte ihm.

Er tauchte erneut unter, schwamm schneller, seine Bewegungen gleichmäßig und fließend. Am Beckenrand hielt er inne, legte die Hände auf den Rand und beobachtete die leicht gekräuselte Wasseroberfläche. Seine Gedanken glitten zurück zu Erik. Warum schwirrte dieser Mann ständig in seinem Kopf herum? Er schüttelte den Kopf. Erik hatte sich längst auch in seinem Herzen eingenistet – ohne jede Erlaubnis. Er wusste, dass Erik wahrscheinlich ausrasten würde, wenn er von diesen Gefühlen wüsste.

Er wischte sich das Wasser aus den Augen und entdeckte einen Mann, der ihn grinsend anstarrte. Dustin kannte ihn sehr gut. Der ältere Mann hatte dunkles Haar, blaue Augen und trug seit Jahren die gleiche Trainingsjacke. Es war sein Trainer aus der Highschool und Dustin war mehr als überrascht, ihn zu sehen. »Coach Phil?«, rief er.

»Dustin McNeal«, rief der Coach zurück. »Ich hätte nie gedacht, dass ich dich noch einmal zu Gesicht bekommen würde.« Dustin gluckste, als er zur Treppe ging. Er stieg hinauf und verließ den Pool. Phil hielt ein Handtuch für ihn bereit. Er reichte es ihm und Dustin bedankte sich. »Ich hätte ebenfalls nie gedacht, dass ich Sie wiedersehen würde, Coach«, gestand er.

Das letzte Mal hatte er seinen Trainer am Tag der Abschlussfeier in der Highschool gesehen. Coach Phil hatte ihm alles Gute gewünscht und gesagt, er hoffe, dass Dustin ein guter Schwimmer werden würde. Er war immer der Überzeugung gewesen, dass sein ehemaliger Schüler sich für das staatliche Schwimmteam bewerben würde. Dustin hatte andere Pläne für sein Leben. Er wollte mit seinen Händen etwas erschaffen, seine Kreativität ausleben. Als talentierter Maler träumte er davon, seine Bilder eines Tages auszustellen und der Welt zugänglich zu machen.

Stattdessen saß er jetzt im Baumarkt fest und seine Träume verschwanden langsam im Nichts. Sein Talent, seine Wünsche – all das war in eine dunkle Ecke seines Geistes verdrängt. Er wusste, dass Phil enttäuscht wäre, wenn er wüsste, wo Dustin inzwischen gelandet war. Phil hatte viel von ihm erwartet, schließlich war er in der Schule so vielversprechend gewesen. Auch Dustin selbst hatte geglaubt, dass ihm die Welt offenstehen würde. Er hätte sich nie träumen lassen, bei ihrer nächsten Begegnung in so einer Situation zu stecken.

»Wie ist es dir ergangen, Dustin?« fragte Phil.

Dustin seufzte, die Augen fest auf den Boden gerichtet. »Ich weiß nicht, Coach.«

»Komm, setz dich. Lass uns das mal in Ruhe besprechen«, sagte Phil und klopfte auf die Bank neben sich am Beckenrand. Dustin nickte und setzte sich zu ihm.

»Jetzt erzähl mal, was los ist«, forderte Phil ruhig, aber bestimmt.

Dustin holte tief Luft und dachte an all das, was seit dem Highschool Abschluss geschehen war. Seine Eltern hatten ihn gedrängt, aufs College zu gehen und das Grafikdesign Studium war der fairste Kompromiss, den er mit ihnen hatte schließen können. Aber sein Herz schlug nicht dafür – es schlug für die Handwerkskunst. Er wollte etwas mit seinen Händen erschaffen, kreativ sein.

»Die Dinge sind... anders gelaufen als geplant, Coach«, begann Dustin zögerlich. »Wenn ich Ihnen erzähle, was seitdem passiert ist, werden Sie wahrscheinlich sehr enttäuscht sein.«

Phil schüttelte langsam den Kopf. »Ach Dustin«, sagte er leise. »Sag so etwas nicht. Der Weg zu einem erfüllten Leben ist selten gerade. Er ist voller Stolpersteine, rau und oft beängstigend. Jeder hat seine eigenen Kämpfe auszutragen.«

»Sie verstehen es nicht, Coach. Letzte Woche habe ich jemanden aus meinem Jahrgang getroffen. Der lebt jetzt in einer schicken Wohnung und hat seinen Traumjob. Und ich? Ich sitze noch hier in dieser Kleinstadt fest und arbeite Schichten im Baumarkt!«

»Dich mit anderen zu vergleichen, wäre dein sicherer Untergang, Dustin«, sagte Trainer Phil. »Du musst vor allem du selbst sein. Du darfst dein Selbstwertgefühl nicht schmälern, nur weil jemand anderes irgendwas vermeintlich Tolles geschafft hat. Alles braucht seine Zeit.« Der Trainer legte seinen Arm auf Dustins Rücken. »Wenn du Träume hast, verfolge sie. Wenn es sich lohnt, für sie zu kämpfen, dann tu es. Halte sie fest und lass sie niemals los.«

Der Trainer blickte ihn überrascht an und musste schmunzeln. Aha, daher weht der Wind, dachte er.

»Nun, auch für besondere Menschen lohnt es sich zu kämpfen. Gerade menschliche Beziehungen brauchen ihre Zeit. Wenn man jemanden wirklich mag, muss man ihm Zeit geben. Und wenn diese Person das Gleiche für dich empfindet, wird sie es auch irgendwann erkennen.«

Dustin zwang sich zu einem gequälten Lächeln. Es war eine seltsame Erleichterung, endlich mit jemandem über das Thema gesprochen zu haben – selbst wenn er dem Trainer nur die Spitze des Eisbergs anvertraut hatte. Mit einem knappen Dankeschön zog er sich an, schnappte sich seine Sachen und ging hinaus zu seiner Yamaha. Die Nachmittagssonne glitzerte auf dem Metall, während er sich den Helm aufsetzen wollte.

Doch bevor er ihn überstreifen konnte, vibrierte sein Handy in der Jackentasche. Er hielt inne, zog es hervor und blickte auf das Display. Eine SMS. Von Erik. Sein Atem stockte. Mit zitternden Fingern öffnete er die Nachricht und las: *Es tut mir leid.*

Ein Adler Emoji schwebte daneben, stumm und bedeutungsschwer. Dustin schluckte, ein heißer Kloß bildete sich in seinem Hals. Das Herz pochte ihm bis zum Hals, als ihm klar wurde, dass er nicht einfach warten konnte. Nicht länger.

Er atmete tief durch, setzte den Helm auf und drehte den Zündschlüssel. Ein lautes Aufheulen des Motors zerriss die Ruhe der Umgebung. Staub wirbelte auf, als er vom Parkplatz des Schwimmbads fuhr – mit einem klaren Ziel vor Augen.

Kapitel 9
Pancakes

Erik lag auf der Couch und starrte auf den Fernseher, der irgendeine belanglose Show spielte. Er versuchte, sich abzulenken, aber seine Gedanken machten, was sie wollten. Immer wieder kam ihm dieser Abend mit Dustin in den Kopf. Warum ließ ihn das nicht los? Warum war er ihm damals nicht einfach hinterhergelaufen? Und warum, verdammt nochmal, war es ihm so unglaublich peinlich, Dustin eine Nachricht zu schreiben? Musste er sich etwa eingestehen, dass er Dustin mehr als nur »mochte«?

»Verdammter Mist! Das kann doch nicht wahr sein!« murmelte er und schüttelte den Kopf. Doch kaum war der Satz draußen, wanderte sein Blick wieder zu seinem Handy, das auf dem Tisch vor ihm lag. Er hatte immer noch keine Antwort von Dustin erhalten.

Energisch klickte er wieder von Kanal zu Kanal. Da klingelte es an seiner Haustür. Sunny? Um diese Uhrzeit? Erik erhob sich vom Sofa, stampfte zur Haustür und riss sie auf.

»Hey …«

Er blickte direkt in Dustins tiefblaue Augen. Er war der letzte Mensch, den er um diese Uhrzeit auf seiner Türschwelle erwartet hatte.

Es dauerte eine Weile, bis er sich gesammelt hatte.

»… oh man… Dustin… es tut mir echt leid…«

Eriks Stimme brach ab, er schluckte hart.

Dustin jedoch ließ seinen Helm zu Boden fallen, nahm Eriks Gesicht in seine Hände und presste seine Lippen auf Eriks worauf ein erlösender, leidenschaftlicher Kuss folgte.

Und dann ging alles Schlag auf Schlag.

Erik zog Dustin in die Wohnung, schob die Haustür mit seinem Fuß zu und ließ nicht mehr von ihm ab. Dustin schloss seine Arme fest um Erik und schmiegte sich immer näher an ihn heran. Unter Eriks T-Shirt spürte Dustin jeden Muskel seines breiten Rückens. Er bewegte seine Zunge in Eriks Mund und Erik stöhnte auf. Ihr Kuss wurde von Sekunde zu Sekunde hungriger und wilder.

»krass…«, entfleuchte es Erik irgendwann.

Dustin grinste. »Definitiv!«

»Mh … möchtest Du was trinken?«

»Klar.«

Sie stolperten in die Küche, wo Dustin mit einem Glas Wasser versorgt wurde. Über beide Backen grinsend konnte er sein Glück nicht fassen. Er musterte Erik von oben bis unten. In diesen kurzen Sportshorts und dem alten Metallica-T-Shirt sah er echt gut aus. Obwohl Erik immer wieder versuchte, sein T-Shirt über seine Shorts zu ziehen, konnte Dustin deutlich erkennen, wie erregt er war. Mit einem leichten Schmunzeln stellte er das leere Wasserglas auf die Küchenablage und trat einen Schritt näher an Erik heran. Seine Hand glitt zögernd an den Saum von Eriks T-Shirt, bevor er es sanft ergriff und ihn behutsam näher zu sich zog. Ein Kribbeln durchfuhr ihn, als er sich vorbeugte und seine Lippen zärtlich auf Eriks Hals legte, die Berührung weich und vorsichtig, wie eine leise Frage. Er spürte, wie Eriks Atem für einen Moment stockte, bevor dieser die Augen schloss und sich ein kleines, glückliches Lächeln auf seinen Lippen ausbreitete. Er ließ seine Hände über Eriks Schultern gleiten, entlang der weichen Baumwolle und begann, vorsichtig das T-Shirt hochzuschieben. Doch als er es über den Kopf ziehen wollte, blieb der Stoff plötzlich hängen, verhedderte sich ungeschickt vor Eriks Gesicht.

Einen Moment lang starrten sie sich überrascht an, bevor beide in herzhaftes Lachen ausbrachen. »Warte, lass mich dir helfen«, murmelte er kichernd und versuchte, den Stoff zu entwirren, während Erik halb blind ebenfalls nach dem T-Shirt tastete. Ihre Finger berührten sich und für einen kurzen Augenblick standen sie still, bevor es ihnen schließlich gelang, das widerspenstige Kleidungsstück endgültig loszuwerden.

Als sie sich wieder ansahen, war das Lächeln in ihren Augen weich und voller Vertrautheit. »So«, flüsterte er leise, als würde das Wort alles sagen, was sie in diesem Moment empfanden. Und diesmal, als sie sich erneut küssten, lag in der Berührung eine neue, unverkennbare Tiefe.

Da stand er nun, der große Mann, fast nackt in seiner erregten Verletzlichkeit. Eine Seite, die er nie zu zeigen bereit war. All die fein justierten Schichten, welche er in den letzten Jahren zum Selbstschutz angelegt hatte, begannen sich zu lösen. Lage um Lage. Dustin strich zärtlich über Eriks muskulöse Brust, spürte die weichen Haare unter seinen Fingern. »Wow, das ist echt krass!« Er küsste ihn auf sein Schlüsselbein und wanderte mit der Zunge weiter zu Eriks Brustwarzen, welcher vor Erregung schauderte. Im Schein von flackernden Kerzen fiel ihre Kleidung zu Boden. Nackt auf Eriks Sofa liegend, gab es nichts mehr, worunter sie sich hätten verstecken können. Auf leidenschaftliches Liebkosen folgten zärtliche Hände, die den Körper des jeweils anderen erkundeten. Leises Stöhnen begleitete ihre Finger. Eng umschlungen lagen sie sich gegenüber. Erik hatte seine Augen geschlossen. Die ungewohnte Nähe eines anderen Menschen ließ sein Herz schneller schlagen, zumal ihn Dustin schon völlig für sich eingenommen hatte. Erik schmeckte ihn auf seiner Zunge, diese Mischung aus fremdem Speichel und dem salzig-süßen Geschmack seines Vorsaftes. Er roch ihn auf seiner eigenen Haut, diesen männlich-herben Duft von frischem Lustschweiß mit einer weichen Note von Gräsern. Und obwohl jeder dieser Sinneseindrücke, jede Berührung, jede Wahrnehmung seiner Haut neu für ihn war, spürte er auch, wie sich langsam eine gewisse Ruhe in ihm ausbreitete. Ja, in diesem Augenblick schien alles perfekt zu sein. Er vergrub sein Gesicht an Dustins Hals und atmete tief ein, inhalierte förmlich den Duft, der durch seine Nase strömte. Dustin strich sanft mit einer Hand über Eriks nackte Silhouette, über seinen Bauch, seine Hüfte. Er schob die Hand in den einzig verbliebenen Spalt zwischen ihnen, umfasste die Spitzen ihrer pochenden Erektionen und fing an, sie gemeinsam zu massieren. Mit jeder Bewegung spürte er, wie Eriks heißer Atem vor seinem Gesicht tiefer und schneller wurde. Immer wieder folgten leidenschaftliche Küsse auf tiefes Aufstöhnen. Dustins nasse Hand wurde immer schneller, bis sie sich gemeinsam ihrem Höhepunkt hingaben und in mehreren Wellen ergossen. Erik stöhnte laut auf umklammerte Dustin mit seinen Beinen, während dieser sich vor Lust krümmte und dabei auf seine Lippe biss.

Eriks Augen waren noch immer geschlossen, als sie nebeneinanderlagen, die Haut glühend und von einem feinen Schimmer bedeckt. Ihr Atem ging schwer, die Stille des Raumes nur unterbrochen vom leisen Summen des Ventilators.

»Wow… das war … der Wahnsinn«, brachte Erik schließlich keuchend hervor, ein schwaches Lächeln auf seinen Lippen.

Dustin drehte den Kopf zu ihm, seine Augen funkelten in dem schummrigen Licht, das durch die Vorhänge fiel.

»Absolut!«

Er lächelte verschmitzt und rückte näher, bis sein Kopf in Eriks

Armbeuge ruhte. Dort atmete er tief ein, als wolle er jeden Moment dieses Augenblicks in sich aufsaugen.

Erik schlang einen Arm um ihn und zog die Bettdecke behutsam über ihre erschöpften Körper. Einen Moment lang betrachtete er Dustins Gesicht, das jetzt vollkommen entspannt war, fast friedlich. Er beugte sich vor und drückte ihm einen sanften Kuss auf die Stirn, ein stummer Dank für die Nähe, die sie gerade geteilt hatten.

»Gute Nacht«, murmelte Dustin leise, die Worte kaum mehr als ein Hauch, bevor seine Augenlider schwer wurden und sich schlossen.

Erik antwortete nicht – er lächelte nur. Minuten später waren beide eingeschlafen, die Wärme des anderen wie ein beruhigender Anker in der Dunkelheit. Draußen zog der Wind an den Fenstern, aber hier drinnen fühlte sich alles still und sicher an, wie in einer eigenen kleinen Welt.

Dustin öffnete langsam die Augen und war fast geblendet von dem Sonnenlicht, welches das Bett, auf dem er lag, erhellte. Er starrte einige Sekunden lang an die Decke, bis sich sein Verstand sortiert hatte. Er war in Eriks Zimmer. Das Laken und die Kopfkissen rochen nach ihm. Da waren jedoch auch Flecken und der Geruch von Schweiß und anderem. Er musste schmunzeln und rieb sich behutsam den Schlaf aus den Augen.

Zu hungrig, um noch weiter rumzuliegen, stand Dustin vom Bett auf, fischte eine Boxershorts vom Boden und folgte dem Duft von Kaffee und irgendetwas Süßem. In der Küche fand er einen gutgelaunten Erik vor, der zu rockiger Radiomusik kopfnickend Pancake-Stapel herrichtete. Anscheinend konnte er auch noch Gedanken lesen. Dustin lehnte im Türrahmen, das leichte Morgenlicht fiel auf ihn, als er Erik beobachtete. Ein Hauch von Lächeln zuckte über seine Lippen, bevor er sich nachdenklich auf die Unterlippe biss. Der Anblick war surreal – kaum zu glauben, dass er wirklich hier war, mit diesem Mann, dessen Nähe sich so überwältigend und vertraut zugleich anfühlte. Langsam trat Dustin näher, beinahe zögerlich, als wolle er den Moment nicht stören. Schließlich blieb er direkt hinter Erik stehen, fühlte die Wärme, die von ihm ausging und hob die Arme, um ihn behutsam zu umschließen.

Erik zuckte leicht zusammen, überrascht von der plötzlichen Berührung, doch ein Lächeln breitete sich auf seinem Gesicht aus, als er die vertrauten Hände erkannte. Sanfte Lippen berührten seinen Hals, wanderten in kleinen Küssen bis zu seinem Nacken und zwei Finger glitten vorsichtig unter sein T-Shirt, berührten die empfindliche Haut und strichen sanft über seine Brust.

Ein Prickeln zog durch Eriks Körper und für einen Moment vergaß er alles um sich herum. Seine Hand ruhte immer noch auf dem Gasherdknopf, doch er drehte ihn nun langsam ab und wandte sich um, um Dustin direkt in die Augen zu sehen.

»Guten Morgen, Mister!« flüsterte Dustin mit einem Augenzwinkern und einem spielerischen Grinsen.

Erik lachte leise, das seltene Glucksen, das Dustin liebte und zog ihn näher zu sich. Sie küssten sich – erst sanft, als würden sie den Moment kosten, dann leidenschaftlicher, intensiver, bis das Knistern zwischen ihnen kaum noch auszuhalten war. Für einen Moment schien alles andere unwichtig. Die Pancakes, das Frühstück, die Welt draußen – nichts davon zählte.

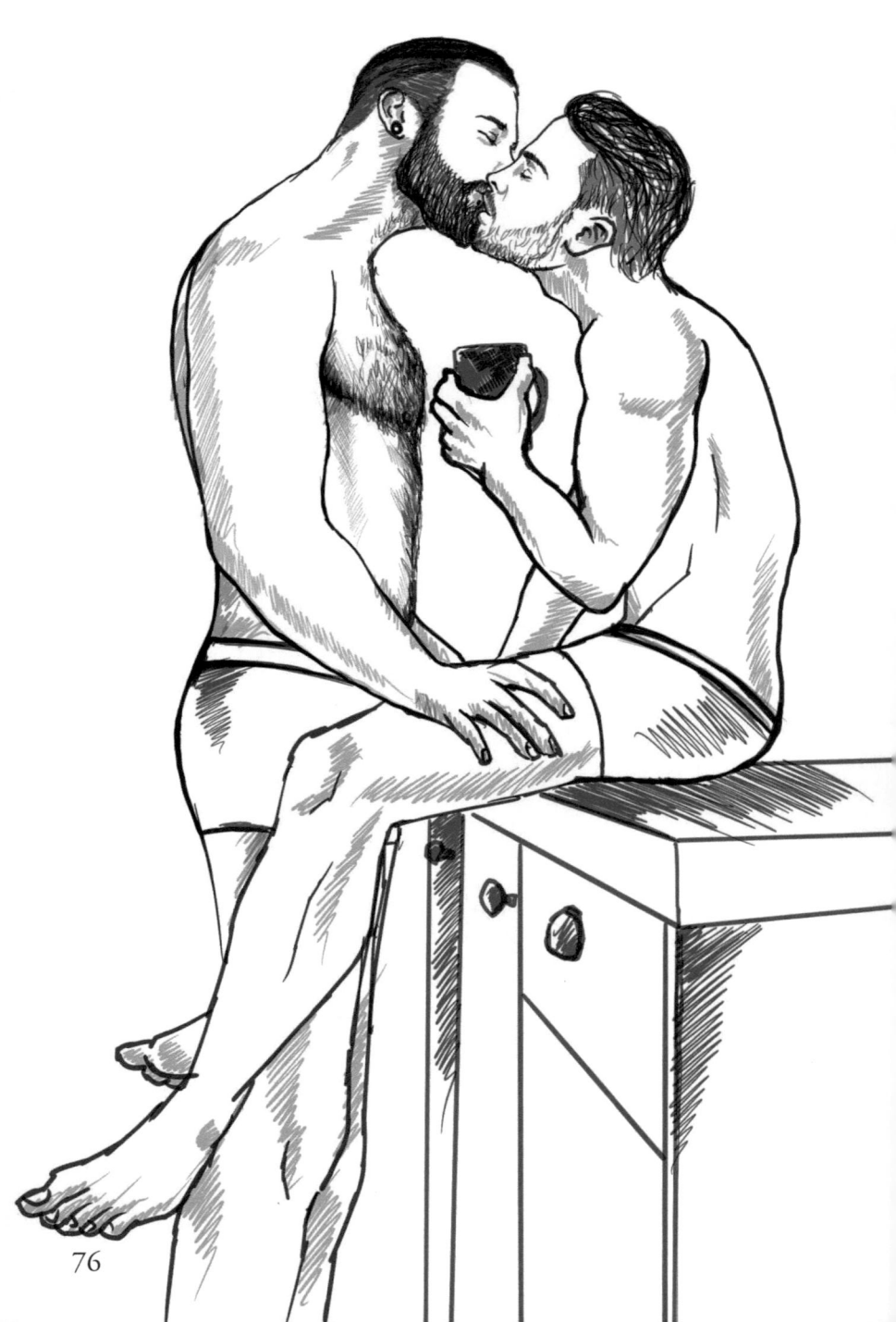

Kapitel 10
Newsflash!

Dustin sprang aus der Dusche und tänzelte durch sein Zimmer. Die Dixie Chicks dröhnten aus dem Lautsprecher seiner Anlage und das weiße Handtuch, welches er sich um die Hüfte gebunden hatte, wackelte im Takt. Er war gerade erst von seiner ersten gemeinsamen Nacht mit Erik nach Hause gekommen und könnte schreien vor Glück. So gut hatte er sich schon lange nicht mehr gefühlt. Die Tanzeinlage wurde durch sein klingelndes Handy unterbrochen. Das Display zeigte Ellys Namen an und Dustin nahm ab. »Yooooo, Elly! Was geht?«

»Ääääh … Dustin? Die Frage ist wohl eher, was geht mit dir?«

Dustin drehte die Lautstärke seiner Anlage herunter und setzte sich auf das Bett. »Echt crazy. Sitzt du? Ich muss dir was erzählen! Aber versprich mir, dass das unter uns bleibt!« Verschwörerisch senkte er seine Stimme.

»Dustin, was zur Hölle? Natürlich!«

Da platzte es schon aus Dustin heraus: »Du glaubst nicht, was passiert ist! Ich habe die Nacht mit Erik verbracht! Und … naja … ich glaube wir sind jetzt irgendwie zusammen!«

»Äh. Okay…? Aber wie kam das denn jetzt auf einmal?« Elly schien die Welt nicht mehr zu verstehen.

»Naja, einfach so. Er hat sich gestern bei mir gemeldet und dann bin ich direkt zu ihm hingefahren. Die Tür ging auf und wir haben uns geküsst. Das war irgendwie… magisch. Als wenn es vorherbestimmt gewesen wäre. Ist das nicht verrückt? Elly, ganz ehrlich, ich bin voll verknallt! Erik tut mir echt gut.«

»Okay, krass. Das sind ja mal Neuigkeiten!«

Elly zögerte. »Aber Dustin, ähm … ganz ehrlich, er ist so viel älter als du. Glaubst du, er kann dich glücklich machen?« Dustin gab zunächst keine Antwort. Die Frage kam völlig überraschend und fühlte sich an wie ein Schlag ins Gesicht. Er war irritiert, dass Elly so reagierte. »Es sind vierzehn Jahre. Und danke, ich weiß, was das Beste für mich ist«, sagte er dann leise. »Erik ist das Beste, was mir seit langer Zeit passiert ist.«

Elly räusperte sich am anderen Ende der Leitung. »Ich sage nur, dass du es vielleicht nicht überstürzen solltest.« Dustin schluckte den Zorn hinunter, der in ihm immer größer wurde. Wie konnte Elly so gedankenlos sein, so unsensibel? Warum konnte sie sich nicht für ihn freuen?

»Dustin, ich mache mir Sorgen um dich.«

Dustin war kurz davor aufzulegen. »Elly, du musst dich wirklich nicht um mich sorgen. Das mache ich schon allein.« Er ließ sie weitersprechen. »Ich weiß, dass du viel für Erik empfindest, doch ich bin mir nicht sicher, ob er dir auch guttut. Er war ja noch nie mit einem Mann zusammen. Und er ist so viel älter als du. Was ist, wenn er mit dir nur seinen Spaß haben möchte? Wenn er dich benutzt und dann irgendwann fallen lässt, so wie Kevin damals …«

Dustin spürte, wie ihm das Blut in den Kopf schoss.

»Herrgott Elly, was ist los mit dir? Bei Erik fühle ich zum ersten mal seit Jahren wirklich geborgen und angenommen. Ganz anders als in meinen früheren Beziehungen, falls man das denn überhaupt Beziehungen nennen kann. Und das Alter ist für mich kein Hindernis. Genauso wenig wie die Tatsache, dass ich seine erster Boyfriend bin.« *Und ich liebe ihn*, setzte er in Gedanken hinterher. Doch das war noch kein Thema, worüber er mit Elly sprechen wollte. »Moment mal, er ist nicht der Einzige, der für dich da ist«, entgegnet Elly leise. »Ich weiß, Elly, ich weiß. Und es wird an unserer Freundschaft nichts ändern.« Elly schnaufte tief aus. »Okay, hör zu. Ich möchte nun wirklich nicht mit dir streiten. Lass uns doch mal was gemeinsam unternehmen, damit du ihn kennenlernen kannst. Elly, er ist ein wirklich guter Typ. Ernsthaft. Du wirst ihn mögen!«

»…oooookay…

Dustin nickte.

»Ich melde mich. Ich muss jetzt los zur Schicht im Baumarkt. Ciao.«

Elly flüsterte ein Ciao in den Hörer und legte auf.

Genervt warf Dustin das Handy auf sein Bett. Was war denn das bitte für eine Nummer gewesen? Er dachte eigentlich, dass sie sich in ihrer kleinen Gruppe immer gegenseitig unterstützen würden. Ermutigen. Cheerleader füreinander sein. Aber dass Elly so reagieren würde, machte ihn wirklich sprachlos. Er versuchte sich wieder abzuregen. Laut schnaufend lief er in seinem Zimmer hin und her, sammelte passende Klamotten zusammen und zog sich an. Vor dem Haus zog er sich seinen Motorradhelm über und beschloss, auf dem Weg zum Baumarkt einen kleinen Umweg zu fahren. Er wollte wissen, ob Toby Hanson mittlerweile aufgetaucht war. Das Haus der Hansons lag zentral in Cedar Creek. Schon beim Abbiegen in die Mainstreet konnte er sehen, dass sich eine kleine Menschenmenge vor dem Haus der Hansons versammelt hatte. Er bremste leicht, brachte das Motorrad einige Meter entfernt zum Stehen und nahm seinen Helm ab. »Was ist denn hier los?«, fragte er einen vorbeilaufenden Jungen, der sich aus der Gruppe gelöst hatte.

»Es ist Mrs. Hanson …«

»Was ist los mit ihr?«

»Sie ist schon seit einem Tag nicht mehr ins Haus gegangen. Sie sitzt einfach nur da, in ihrem Hof und wartet darauf, dass Toby wieder zurückkehrt.«

»Krass. Hat man von ihm immer noch keine Spur?«

»Nein. Er wird seit vier Tagen vermisst. Keiner weiß, wo er sich aufhält. Das ist verrückt.« Dustin sah hinüber zum Haus der Familie Hanson. Die Frau saß wortwörtlich auf der Treppe vor dem Haus, wo andere Menschen sie zu trösten versuchten und dazu zu überreden, wieder in ihr Haus zurückzukehren. Ganz Cedar Creek schien in Aufruhr zu sein. Eine vermisste Person hatte es seit Jahren nicht mehr gegeben. Kleine Erinnerungsbrocken aus der Vergangenheit kamen ihm in den Sinn. Zum Beispiel, wie er Toby Hanson regelmäßig beim Schwimmtraining gesehen hatte. Er war extrem ehrgeizig gewesen, wollte in seiner Altersgruppe immer der Beste sein und trainierte fast dreimal die Woche. Dustin erinnerte sich an den Blechkuchen von Tobys Mutter, den sie immer zu großen Turnieren mitbrachte und danach an alle Schwimmer verschenkte. Sie war eine gutherzige und fröhliche Frau gewesen. Sie jetzt so gebrochen zu sehen, stach ihm ins Herz. Was für eine Tragödie! Dustin blieb noch eine Weile beim Haus, musste dann allerdings zum Baumarkt aufbrechen, da seine Schicht bald anfing. Inständig hoffte er, dass man Toby Hanson bald finden würde.

Kapitel 11

Sturmfrei

Die nächsten Tage vergingen wie im Flug. Dustin sorgte dafür, dass sie jede freie Minute miteinander verbringen konnten. Zwischen seinen Schichten half er Erik in der Werkstatt, oder sie kochten zusammen, schauten Filme oder oder drehten Touren auf ihren Motorrädern. Je besser sie sich kennenlernten, desto stärker wurden ihre Gefühle füreinander. Besonders Dustin verlor sich schnell in den neuen Emotionen.

Eines Morgens, während seiner Frühschicht im Baumarkt, hing Dustin gelangweilt über dem Kassentresen. Plötzlich wurde die Ladentür mit einem kräftigen Stoß aufgerissen. Dustin hob überrascht den Kopf und musste blinzeln, um sicherzugehen, dass er richtig sah: Erik grinste ihn breit an.

»Was machst du denn hier?«, rief Dustin, ein wenig verwirrt.

»Hast du viel zu tun? Ich dachte … vielleicht könnten wir zusammen Mittagessen?« Erik schaute ihn unsicher an.

»Wie? So ein richtiges Date?« Dustin zog eine Augenbraue hoch und grinste frech.

Mr. Matthews, der gerade ein Regal abräumte, warf ihnen einen kurzen, neugierigen Blick zu. Erik sah sich verlegen um und senkte die Stimme.

»Ja … genau«, flüsterte er.

»Meine Schicht ist in fünfzehn Minuten vorbei«, sagte Dustin mit einem leichten Lächeln. »Wir könnten zu mir nach Hause. Meine Eltern sind mit Emma unterwegs.«

Erik zögerte. »Bist du sicher, dass das okay ist?«

»Mach dir keine Sorgen. Entspann dich ein bisschen.«

Dustin zwinkerte ihm zu. Erik nickte schließlich. »Okay. Ich warte draußen auf dich.« Nachdem Dustins Schicht vorbei war, fuhren sie gemeinsam zu ihm nach Hause. Erik stellte sein Motorrad ab, schaltete den Motor aus und sah zu, wie Dustin seine Yamaha in die Garage schob. Als sie ins Haus traten, herrschte absolute Stille. Dustin hatte recht – niemand war da. Erik folgte ihm ins Zimmer. »Aha. Das ist also dein Reich?« Er ließ seinen Blick neugierig durch das Zimmer schweifen und schlenderte langsam über den dunklen Holzboden. An einer Pinnwand entdeckte er eine Sammlung von Fotos: Dustin mit Freunden, bei Partys, mit der Familie. Dann fiel sein Blick auf den Kleiderschrank, dessen Türen mit Stickern und Aufklebern von fernen Ländern und Städten verziert waren.

»Mit den beiden hier hast du am meisten Bilder. Wer sind das?« Erik deutete auf zwei Personen, die auf vielen Fotos zu sehen waren.

»Das sind Elly und Brian, meine besten Freunde. Wir kennen uns seit der Highschool.« Dustin lächelte.

»Deine Eltern haben euch viel rumgefahren, oder?« fragte Erik.

»Ja, meiner Mum war das immer wichtig. Sie wollte, dass wir die Welt sehen.«

»Welches Land hat dir am besten gefallen?«

Dustin überlegte kurz. »Spanien. Das Essen, die Landschaft – einfach alles hat mich beeindruckt.«

Erik nickte. Seine Augen blieben an einer Reihe von Staffeleien hängen, die halb verborgen neben dem Schreibtisch standen. Neugierig kniete er sich hin und begann, Dustins Gemälde zu betrachten. Dustin fühlte, wie ihm plötzlich das Herz schneller schlug; es war ungewohnt, Erik in sein Zimmer zu lassen und ihm diesen tiefen, verborgenen Teil seiner Seele zu zeigen. Die Bilder erzählten Geschichten von Dustins Gedanken, seiner Zerbrechlichkeit und den Kämpfen, die er innerlich führte. Erik wirkte regelrecht gebannt, überrascht von der Intensität und Tiefe, die in jedem Pinselstrich steckte. Die Farben schienen mit Bedacht gewählt, kraftvoll und ausdrucksstark. Jedes Bild schien eine eigene Stimme zu haben.

Erik holte tief Luft, als ob er die richtigen Worte suchen müsste und flüsterte dann: »Dustin… die sind echt wunderschön.«

Dustin lächelte schüchtern. »Danke.«

Langsam ließ Erik von den Gemälden ab und drehte sich zu Dustin um. Sie waren nur noch wenige Zentimeter voneinander entfernt und Dustins Herz raste. Erik lächelte ihn an, kam langsam näher und küsste ihn zärtlich. Dustins Lippen waren so weich. Sanft strich er über Dustins Rücken, der seine Erregung nicht mehr verbergen konnte.

»Komm …« Er nahm Eriks Hand und führte ihn zu seinem Bett.

»Bisschen eng hier«, meinte Erik lachend mit Blick auf das schmale Jugendzimmerbett. »Naja, es ist nicht so riesig wie deine Spielwiese. Dann musst du eben näher heranrücken …«

Es dauerte nicht lange und Dustin ließ jedes Kleidungsstück zu Boden gleiten. Leidenschaftliche Küsse folgten sanften Berührungen. Nach einer Weile löste sich Dustin vorsichtig von Erik, legte sein Kinn auf dessen breite Brust und sah ihn mit einem zögerlichen Lächeln an. Dann räusperte er sich leise.

»Sag mal, Erik …« Er machte eine kurze Pause und spielte mit seinen Fingern gedankenverloren über Eriks Haut. »Könntest du dir vielleicht vorstellen, den nächsten Schritt zu gehen?«

Erik schaute ihn überrascht an »wie?... der… nächste Schritt? Was meinst du damit?« Dustin drehte sich um, griff zu seinem Nachttischschränkchen, kramte in einer der Schubladen und holte eine kleine Tube hervor. Erik verstand nicht. Er blickte die Verpackung an und dann zu Dustin. »Das ist Gleitgel. Ich dachte, vielleicht können wir etwas … ausprobieren…?«, erklärte Dustin.

Eriks Augen weiteten sich. »Ah! Ja … wie … Okay … wer?«

Beim Anblick von Eriks geschocktem Gesicht konnte Dustin ein Lachen nicht unterdrücken. »Keine Sorge«, sagte er ruhig, »ich hab' darüber nachgedacht. Ich glaube, ich bin bereit... ich möchte dich in mir spüren...« Erik schluckte und wirkte leicht unsicher.

»Hast du das... also, hast du so etwas schon mal gemacht?«, fragte Dustin und seine Stimme klang ungewohnt zögerlich.

»Ja... schon«, antwortete Erik langsam, seine Nervosität sichtlich spürbar. »Aber nie mit einem Mann. Und... nie mit jemandem, für den ich... na ja, den ich so wirklich mochte.« Sein Blick schweifte umher, als wolle er jedem Blickkontakt ausweichen.

Ein warmes Gefühl breitete sich in Dustin aus, als er Eriks Worte verarbeitete. Also magst du mich wirklich, dachte er und ein leises, zufriedenes Lächeln stahl sich auf seine Lippen.

Ob er selbst bereit war, im Bett den nächsten Schritt mit Erik zu gehen, schwirrte schon seit Tagen durch seinen Kopf. Auf diese Weise miteinander intim zu werden, war etwas Besonderes und erforderte Vertrauen. Vielleicht war es zu überstürzt, vielleicht waren Dustins Motive auch nicht die reinsten, da ihn eine kleine Stimme im hintersten Winkel seiner Gedanken immer wieder daran erinnerte, dass Erik ja vorher nur mit Frauen zusammen gewesen war und Dustin ihm auf Dauer sexuell vielleicht nicht genug sein könnte. Möglicherweise wollte er ihm mit diesem Schritt auch einfach nur zeigen, dass gleichgeschlechtlicher Sex genauso heiß oder sogar noch besser sein konnte als das, was er in der Vergangenheit praktiziert hatte. Vielleicht war das, was Dustin vorhatte, nicht ganz uneigennützig – aber er ließ sich nicht mehr davon abbringen. Dustin wollte über seinen Schatten springen und sich voll und ganz hingeben.

Vorsichtig setzte er sich auf Eriks Unterleib und begann sanft seinen Hals zu küssen, bevor seine Zunge zielgerichtet dessen Nippel erreichte. Er wusste mittlerweile genau, welche Knöpfe er drücken musste, um Erik in Wallung zu bringen. Erik stöhnte leise und schloss seine Augen. Dustins Hände umklammerten Eriks Pranken, er schob seine Arme hinter den Kopf und spielte mit seiner Zunge. Dustin griff nach der Tube Gleitgel, öffnete den Verschluss und verteilte das durchsichtige Gel auf seiner Hand, womit er langsam Eriks pralle Erektion einrieb.

»Aaah… kalt!« Erik zuckte zusammen.

»Ups. Sorry. Wird gleich besser.« Dustins Handbewegung wurde schneller und Eriks Körper entspannte sich. »Also, lass mich das mal machen, ja? Ganz langsam… Deiner ist echt riesig!« Dustin atmete tief ein und aus, schloss seine Augen und führte die pochende Erektion zu seiner Öffnung, holte tief Luft und schloss seine Augen. »Gaaaanz langsam… Autsch… oh, shit… okay.« Dustin keuchte, atmete tief aus und versuchte sich zu entspannen. Angenehmer Druck und Dustins Körperwärme umschloss langsam Eriks Glied. Dustin fing an vorsichtig sein Becken zu bewegen.

»Alles okay?« Erik blickte Dustin mit besorgten Augen an und streichelte zärtlich über seinen Oberschenkel.

»Alles gut. Vorsichtig, vorsichtig…«

Der Anblick von Dustin, wie er auf ihm saß, sich langsam bewegte und dabei seinen eigenen Penis massierte, machte Erik völlig heiß. Er musste gegen den starken Drang ankämpfen, nicht selbst das Ruder zu übernehmen.

Dustin schauderte, stöhnte und keuchte bei jeder Bewegung. »Oh … okay. Here we go… das ist geil… oh fuck ist deiner riesig...« Er wurde schneller und nun fing auch Erik an, sich mit ihm zu bewegen. Seine Berührungen wurden fordernder, seine Hände strichen über Dustins Bauch, bis zu seiner Brust, er kniff in seine Brustwarzen. Er ahnte, dass er das nicht mehr lange aushalten würde, daher fing er an, sich immer schneller mitzubewegen. Dustin stöhnte auf, beugte sich zum ihm über und leckt über seine Lippen. Nur einen kurzen Augenblick später krümmte sich Eriks Körper vor Lust. Er zog Dustin eng an sich, seine Finger krallten sich in seine Seiten während ein ersticktes Keuchen aus seiner Kehle drang, als er seinen Höhepunkt erreichte. Dustin bäumte sich im selben Augenblick auf und ergoss sich mit weit geöffnetem Mund und unter lautem Stöhnen schwallartig auf Eriks Brust. Dustin stöhnte erleichtert auf »oh… mein… Gott! Das… war… der… Wahnsinn!« Erik keuchte tief »krasser scheiß. So heftig bin ich noch nie gekommen.« Zufrieden kuschelte sich Dustin neben ihn und küsste seine Schulter. »Ich bin noch nie gekommen, ohne dabei mich selbst anzufassen.« Erik schnappte immer noch nach Luft und blickte ihn mit großen Augen an. »Sowas habe ich auch noch nie gesehen. Echt heiß.« Er lächelte stolz, ein Lächeln wie bei jemandem, der gerade etwas ganz Großartiges geschafft hatte. »Erik… mir ist was bewusst geworden.« Gedankenverloren holte Dustin tief Luft. »Ich habe erkannt, dass mein wahres Leben anfing, als ich dich kennengelernt habe. Bis dahin bin ich nur dem Plan meiner Eltern gefolgt… mehr oder weniger. Aber jetzt ist auf einmal alles anders. Ich habe wieder Ideen und eine Vision, wie mein Leben sein soll...« Und dann platzte es aus ihm heraus: »Ich liebe dich!« Woher das auch gekommen war, es traf beide völlig überraschend.

Nur eine Sekunde später hätte er sich dafür ohrfeigen können. Dustin biss sich auf die Lippen. *Verdammte Scheiße!* schrie er innerlich auf. Schweigend lagen sie nebeneinander. »Oh Großer, ich mag dich doch auch!« Erik lächelte und beugte sich über Dustins Gesicht »Aber lass mir noch etwas Zeit, ja? Das ist noch neu für mich und ich muss mich erstmal an das alles gewöhnen. Es läuft doch gerade gut, so wie es ist.« In seinem Blick lag tiefes Verständnis und Zuneigung. »Ich weiß, Erik. Ich weiß.« Dustin konnte seine Augen nicht von seinem wunderschönen Gesicht abwenden. Er fuhr mit seinem Finger über die kurzen Bartstoppeln, strich sanft über die kleinen Fältchen, die sich neben Eriks Augenwinkel abzeichneten und mit einem kräftigen Stoß wurde plötzlich Dustins Zimmertür aufgeschlagen.

»Brüüüüüüderch… AAAAAAAAAAH!« Emma schrie wie am Spieß. So schnell wie sie hereingestürmt war, flüchtete sie auch schlagartig wieder. »EMMAAA! RAUS!«, brüllte Dustin. Beide zuckten vor Schreck zusammen und erstarrten sofort zu Salzsäulen. »Scheiße! Scheiße! Scheiße!« Dustin sprang aus seinem Bett, zog sich etwas über und rannte seiner kreischenden Schwester hinterher. Wie sollte er das bloß Emma erklären? Er stand vor ihrer Zimmertür, holte tief Luft und drückte langsam gegen den Türknauf. Emma saß mit hochrotem Kopf in ihrem Bett und starrte ihn an.

»Errr ... Emma«, stotterte er. »Es ist nicht so, wie du denkst.«

»Aha – und wie sollte es denn dann sein??«

»Naja… ich… ähm… Erik ist mein… ähm…«

Emma sprang von ihrem Bett. »Dein Freund? Ist das dein FREUND?« Er blickte schüchtern zu Boden. »Ja, das ist mein Freund.« Sie blickte ihn prüfend an und brach in Gelächter aus.

»Wie verrückt ist das denn... mein großer Bruder ist schwul!«
Emma glückste heftig. Mit wedelnden Armen versuchte er sie zu
beruhigen. »Pssssssssst! Emma, nicht so laut!«

»Ach was! Mach dir keine Sorgen, Dustin. Es ist mir egal, in wen
du verliebt bist«, versicherte sie. »Aber ob ich dieses Bild jemals
wieder aus meinem Kopf bekommen werde ...« Sie blickte ihn mit
großen Augen an und ließ einen Finger um ihre Schläfe kreisen.

»Oh mein gott, Emma, sei bloß still! Du hättest auch anklopfen
können. Wie kommst du eigentlich hierher?« Dustin spürte, dass
Erik auf einmal hinter ihm stand. Er hatte sich angezogen. »Ach –
wir waren in der Mall. Es war meeeega langweilig. Ich musste Mum
und Dad beknien, dass sie mich mit dem Bus nach Hause fahren
lassen. Wegen dieser ganzen Vermissten Sache sind sie supervorsich-
tig geworden. Vier Stationen!! Ich bin doch kein Baby mehr!« Sie
wurde still und musterte Erik von oben bis unten. »Hallo Fremder.
Ich bin Emma!«

Er nickte ihr zu. »Ich bin Erik.«

»Du bist ja ein Riese«, sagte sie, hüpfte auf ihn zu und umarmte
ihn.

Erik und Dustin blickten einander an. So eine Reaktion hatten
sie wohl beide nicht erwartet. Dustin war davon ausgegangen, dass
sie es seiner Mutter petzen würde. Dass sie ihr erzählen würde, dass
Dustin einen fremden Mann mit nach Hause gebracht hatte. Dass
sie die beiden im Bett erwischt hatte... nackt! »Nun ...«, sagte Erik
schließlich, »das lief ja überraschenderweise echt gut.«

Kapitel 12
Toby Hanson

Toby wurde von einer Stimme geweckt. Es war eine eigenartige Stimme. Unnatürlich.

»Aufwachen, Toby.«

Er konnte keinen klaren Gedanken fassen. Sein Verstand war … benebelt. Langsam kam er zu sich, öffnete seine Augen einen kleinen Spalt und stellte fest, dass er auf einem Stuhl saß. Er versuchte seinen Kopf zu heben, der sich unnatürlich schwer anfühlte und blinzelte, um die Benommenheit abzuschütteln. Der Raum, in dem er sich befand, war bis auf den Schein einer kleinen Lampe vor ihm stockdunkel. Er fror. Entsetzt stellte er fest, dass er bis auf seine Unterhose komplett entkleidet war. Unter seinen nackten Füßen spürte er kalten Fliesenboden.

»Ah, da bist du ja endlich. Keine Angst, du bist in Sicherheit.«

Toby riss sein Kopf umher. Er konnte nicht ausmachen, von welcher Seite des Raumes die Stimme kam, noch wer da gesprochen hatte.

»Du hast bestimmt eine Menge Fragen.« Die unnatürliche Stimme fuhr fort. Sie hatte etwas Aufgeregtes an sich.

»Zunächst einmal möchte ich dir versichern, dass alles gut wird. Ich habe dich auf dem Stuhl fixiert. Ich entscheide also, was hier passiert.«

Toby spürte, wie Panik ihn durchzuckte. Er versuchte sich zu bewegen – ohne Erfolg – und blickte an sich herunter, soweit es ging. Breites silbernes Industrieklebeband war um seine Brust gewickelt. Seine Arme waren an den Armlehnen festgeklebt, seine Beine an den Stuhlbeinen fixiert. Auf seiner Brust spürt er das Gewicht einer eisernen Halsfessel. Heilige Scheiße! Jemand hatte ihn entführt. Er war völlig hilflos! Und dann diese Stimme. Sie kam nun aus nächster Nähe, aus der Dunkelheit gleich hinter ihm.

»Sicher fragst du dich, wie du hier gelandet bist, mh?« Die Stimme war tief und bassig, fremd und doch irgendwie bekannt. Ein seltsamer Widerspruch, der Toby kalte Schauer über den Rücken jagte. Wie konnte eine Stimme so vertraut und zugleich so abstoßend sein? Langsam kämpfte sich eine Erinnerung durch den Nebel in seinem Kopf. Der Duschraum in der Schwimmhalle tauchte vor seinem inneren Auge auf. Er hatte spontan beschlossen, ein paar Bahnen zu ziehen – ein unschuldiger Plan, wie er dachte. Doch dann, in der Umkleide, war es passiert. Etwas Weiches hatte sich von hinten über sein Gesicht gelegt und dieser widerlich süße Geruch... es war Chloroform gewesen. Die Erkenntnis traf ihn wie ein Schlag.

»Ich war überrascht, wie schnell das Chloroform wirkte«, sagte die Stimme wieder, sachlich, fast amüsiert. »Als du bewusstlos warst, konnte ich dich ohne Schwierigkeiten hierherbringen.«

Toby riss panisch an seinen Fesseln, verzweifelt bemüht, sich zu befreien. Er wollte schreien, doch das dicke Klebeband auf seinem Mund erstickte jeden Laut. Seine Atmung wurde schneller, das Herz pochte wild gegen seine Brust. Plötzlich spürte er, wie eine Hand an das Tape griff und es mit einem brutalen Ruck abriss.

»Lassen Sie mich los ... bitte!« Seine Stimme klang dünn und brüchig, voller Angst. Tränen brannten in seinen Augen, liefen heiß über seine Wangen. »Bitte – tun Sie mir nichts!« Und dann, aus einer Mischung aus Panik und Hoffnung, schrie er: »HILFE!« Das Licht über ihm ging an, blendend grell. Eine dunkle Gestalt trat aus dem Schatten, bewegte sich langsam und zielgerichtet um den Stuhl herum. Toby blinzelte verzweifelt, versuchte trotz der grellen Lampe irgendetwas zu erkennen. Doch alles, was er sah, waren kalte grüne Augen, die ihn aus den Löchern einer schwarzen Skimaske fixierten. Die Gestalt trug einen schwarzen Overall, darüber eine weiße Einmalschürze, wie sie in Laboren benutzt wird. Schwarze Latexhandschuhe spannten sich über den Händen, die ruhig blieben, fast erschreckend gelassen.

»Dich kann hier niemand hören, Toby.« Die Stimme klang jetzt leise, fast sanft. Eine behandschuhte Hand legte sich auf seinen Kopf, strich über sein Haar. Toby zuckte zusammen, Panik explodierte in seiner Brust. Ekel und Angst vermischten sich, als er verzweifelt den Kopf wegdrehte. Doch die Hand folgte ihm unnachgiebig.

»Ich glaube, wir sollten anfangen und keine weitere Zeit verlieren.« Tobys Peiniger schob ein kleines metallisches Tischchen neben seinen Stuhl. Darauf lagen Glasampullen sowie ein langer, durchsichtiger Schlauch, dessen Ende mit einer Nadel präpariert war. So etwas kannte Toby nur vom Arzt. Er zuckte zusammen.

»NEIN! NEIN! HILFE!« Toby schrie aus tiefster Kehle. Doch niemand kam und half ihm.

Seelenruhig klemmte der Unbekannte Tobys Arm mit einem Gürtel ab, suchte in der Armbeuge nach einer Vene und stach die Nadel hinein. Er löste den Gürtel ab – dunkelrotes Blut füllte den dünnen Schlauch bis zu einer Stelle, wo dieser von einer Klammer zusammengedrückt wurde. Toby schnappte gierig nach Luft und stieß sie stoßartig wieder aus – es waren hemmungslose, unmenschliche Schluchzer. Sein Kinn fiel ihm auf die Brust. Tränen rannten ihm in den Schoß. Sein Gesicht glühte. Ein weiterer Schluchzer schüttelte ihn förmlich durch. »Bitteeeee … lassen Sie mich wieder los!«, wimmerte er. Toby spürte, wie die Nadel mit einem Klebestreifen fixiert wurde. Dann wurde sein Mittelfinger in eine kleine Buchse geklemmt. Hinter ihm ertönte schnelles, gleichmäßiges Piepsen.

»Ah … ist das nicht wunderschön? Das ist dein Herzschlag, Toby. Ich hatte dir doch versprochen, dass ich alles kontrollieren werde.« Der Fremde klickte einen Knopf an der Lampe über Toby und der Lichtschein änderte sich in grelles stroboskopisches Flackern. Toby zitterte am ganzen Körper vor Angst. Sein Peiniger trat vor ihn, blickte ihn prüfend an und schaltete eine weitere Maschine an, die im Dunkeln neben dem Stuhl stand. Er trat zu Toby, klammerte jeden seiner Füße in eine Metallschiene und trat zurück. Dann drückte er einen Knopf an der Maschine und ein Stromstoß durchzuckte Tobys Körper. Er krümmte sich auf dem Stuhl, stieß einen gellenden Schrei aus und klappte zusammen. Das Piepsen hinter ihm wurde immer schneller. Als der Unbekannte ihm frisches Klebeband auf den Mund drückte, öffnete Toby die Augen und begann wieder zu weinen. Er schrie aus Leibeskräften – ein Schrei aus tiefster Seele. Es fühlte sich an, als würden dabei seine Stimmbänder zerreißen. Dennoch klang der Schrei selbst in seinen eigenen Ohren leise, wurde er doch von dem Klebeband auf seinem Mund gedämpft.

Ein weiterer Stromstoß durchfuhr seinen Körper. Und wieder. Toby wurde schwarz vor Augen. Als er wieder zu sich kam, lag er über der Schulter seines Peinigers. Im Augenwinkel erkannte er den Stuhl, auf dem er gesessen hatte und daneben den Tisch, auf dem zwei blutgefüllte Glasröhrchen lagen. Nun erkannte er auch das Ausmaß des Raumes. Er war riesig. Durch ein Fenster fiel Mondschein auf eine Wand. Sie war bespickt wie eine Collage – Ausschnitte aus Zeitungen, Notizen, Zeichnungen. Noch bevor sein Peiniger mit langsamen Schritten den Raum verließ, fiel Tobys benommener Blick ein letztes Mal auf die bunte Wand. Mit aller Kraft wandte er seinen Kopf. Zwischen all den Zetteln erkannte er ein einziges großes Wort: »Adrenochrom « – dann verlor er das Bewusstsein.

Kapitel 13
Kaboom!

Dustin wachte am nächsten Morgen mit einem breiten Lächeln auf. Sein Kissen und die Laken dufteten noch nach Erik – und nach dem gestrigen Abend. Ein zufriedenes Schmunzeln huschte über sein Gesicht, als er daran dachte, was zwischen ihnen geschehen war. Sein Herz klopfte schneller; sein Leben schien endlich Fahrt aufzunehmen. Mit Erik an seiner Seite fühlte er sich wie die beste Version seiner selbst, ein »Dustin 2.0«. Nur der Job lag ihm noch im Magen. Wenn er das endlich geregelt hätte, könnte er sein altes, eintöniges Leben endgültig hinter sich lassen.

Für den Abend hatte Erik einen Kinobesuch geplant.

»Ooooh – schon wieder eine Date Night?«, neckte Dustin mit einem schelmischen Grinsen.

»Nein. Einfach nur Kino. Ein Thriller«, antwortete Erik knapp und mit einem Hauch von Verlegenheit.

Dustin wusste, dass Erik sich ebenfalls auf Neuland bewegte. Eine Beziehung war für ihn ohnehin ungewohnt – und dann auch noch mit einem Mann. Aber er konnte seine eigenen Gefühle nicht mehr zurückhalten. Das, was sie bereits miteinander geteilt hatten, war zu stark, zu bedeutend. Selbst Emma wusste inzwischen Bescheid – und das war für Dustin wie ein kleines Versprechen, dass das hier etwas Echtes war. Er war glücklich, auch wenn eine leise Unsicherheit blieb. Doch das, was Erik ihm gab, heilte alte Wunden und schenkte ihm ein neues Vertrauen. Dafür war er unendlich dankbar.

Frisch geduscht zog Dustin eine neue Unterhose an, schlüpfte in seine schwarze Lieblingsjeans und griff nach einem blauen T-Shirt.

Dann schnappte er sich Helm und Lederjacke und ging die Treppe hinunter in die Küche. »Morgen, Dad«, rief er seinem Vater zu, der gerade am Küchentisch saß und die Zeitung las. Er murmelte etwas vor sich hin und schwieg dann wieder. Dustin war es egal. Er summte vor sich hin, bereitete sich eine Schale Cornflakes zu, frühstückte schnell und eilte dann aus dem Haus. Er schloss den Reißverschluss seiner Lederjacke, holte seine Yamaha aus der Garage und rollte kurz darauf vom Parkplatz. Er hatte mal wieder eine Doppelschicht im Baumarkt und musste Gas geben.

Dustin parkte seine Yamaha neben dem Laden und stellte den Motor ab. Als er den Laden betrat, fand er Mr. Matthews vor, der zwischen den Gängen fegte. Nachdem er seinen Helm auf dem Tresen abgelegt hatte, zog er seine Lederjacke aus.

»Ich übernehme jetzt«, sagte Dustin.

Matthews blickte auf und lächelte. Er überließ ihm das Kehren und machte sich daran, die Regale zu reinigen. Dustin fegte pfeifend den Boden. Er hätte nie gedacht, dass er einmal Spaß am Kehren finden würde. Später leerte alle Mülleimer, stellte den Besen wieder in den Schrank bei den Reinigungssachen und schloss die Ladentür auf. Dustin stellte sich hinter den Tresen, gut gelaunt und bereit für die Arbeit.

Der erste Kunde betrat schon wenig später den kleinen Baumarkt. Er fragte nach einer Dose Motoröl. Dustin nickte und zeigte ihm, wo er es fand. Manchmal war Dustin wirklich beeindruckt, wie viele unterschiedliche Dinge der Laden auf Lager hatte. Eine riesige Welt, verstaut auf wenigen Quadratmetern.

Mr. Matthews warf einen prüfenden Blick auf Dustin. »Du siehst heute so glücklich aus.« Dustin senkte verlegen den Kopf und lächelte. »Ist es so offensichtlich?«

»Warum bist du denn so aufgeregt, mein Junge?«

»Nun ja … ich … ähm … gehe heute Abend zu einem Date«, antwortete Dustin mit einem Lächeln.

»Der nette Mann, der gestern hier war?«

Dustin war von der Frage völlig überrascht und machte große Augen. »Äh … Ja …«

Dieser lächelte nur süffisant. »Ist das dein Freund?«

Dustin war verblüfft. Er wusste nicht, dass Mr. Matthews sofort verstanden hatte, dass Erik der Grund war – geschweige denn, dass zwischen den Beiden etwas lief. Er hatte nie über persönliche Dinge mit ihm gesprochen. Und er konnte nicht ja sagen, denn ihre Beziehung war nicht wirklich offiziell. »Schon … irgendwie. Es ist ziemlich kompliziert.«

Matthews lächelte ihn an. »Mein Junge, alles okay!«, sagte er und hob die Hände. »Ich bin nur froh, dass du endlich wieder du selbst bist.«

»Danke, Sir.«

»Mach weiter so«, ermutigte Mr. Matthews ihn mit einem Daumen nach oben.

»Wird gemacht, Sir.«

Sogleich verschwand Matthews wieder zwischen den Regalen. Dustin war geplättet. Er konnte nicht glauben, dass sein Chef mit der ganzen Sache so locker umging. Die meisten Leute hätten ihn wohl zurechtgewiesen, aber Mr. Matthews ermutigte ihn. Er erinnerte sich daran, wie er seiner Mutter zum ersten Mal erzählt hatte, dass er anscheinend bisexuell sei. Er war gerade frisch vom College zurück nach Hause gezogen und hing tagelang mutlos in den Seilen. Den Abschluss hatte er nur unter größter Anstrengung durchgezogen, dann hatte ihn Kevin verlassen und wie es weiter ging, stand in den Sternen. Seine Mutter hatte gespürt, dass mit ihm etwas nicht stimmte – wie Mütter eben sind. Also bohrte sie so lange nach, bis er sich endlich offenbarte und alles erzählte. Wie er Kevin kennengelernt hatte, wie nah sie sich waren und wie er ihn von heute auf Morgen einfach hatte sitzen lassen. Die sich wiederholenden Schmerzen beim Erzählen der Geschichte waren unerträglich. Seine Mutter hatte zehn Minuten lang wie erstarrt dagesessen. Sie hätte ihn zurechtweisen und ihm raten können, einen Pfarrer aufzusuchen, aber sie tat es nicht. Stattdessen schloss sie ihre Arme um ihn und drückte ihn fest an sich. Zum ersten Mal ließ er seinen angestauten Gefühlen freien Lauf. Sein Herz wurde leicht, während Tränen wie Sturzbäche über sein Gesicht liefen.

Seine Mutter bat ihn, seinem Vater davon nichts zu erzählen. Es würde ihn nur unnötig beunruhigen und er würde es sicherlich nicht verstehen, zumal Peter sicherlich enttäuscht gewesen wäre. Dustin kannte seinen Vater sehr gut und konnte das entsprechend gut abschätzen. Es wurde Abend und Dustin zählte die Minuten, bis er endlich Erik traf.

Verliebtsein – wenn es im ganzen Körper kribbelt, als wenn man tonnenweise Brause gegessen hätte. Die Vorfreude auf den anderen, die einen fast platzen lässt. Wie in Trance glitt Dustin auf seinem Motorrad durch die Straßen Cedar Creeks in Richtung des kleinen Innenstadtkinos. Dustins Herz pochte hart gegen seine Rippen, als er die Gänge seiner Yamaha höher schaltete und schnell an einem Lieferwagen vorbeifuhr. Er war immer ein vernünftiger Motorradfahrer gewesen, jetzt allerdings musste es schnell gehen.

Der Kinoabend mit Erik war die erste Gelegenheit, bei der er mit jemandem als richtiges Paar ausging. Seit er wieder nach Cedar Creek gezogen war, hatte er sich nie auf Dating eingelassen. Elly und Brian zogen ihn immer damit auf, ob er nicht lieber in ein Kloster ziehen wolle, da er sich jeglichem Spaß verwehrte. Aber so war er nun mal. Die erste große Liebe verdaut man nicht so schnell. Doch jetzt war Erik in sein Leben getreten und Dustin wollte sich ohne einen zweiten Boden auf ihn einlassen. Hundert Prozent oder nichts. Jetzt oder nie. Er hätte es am liebsten in die ganze Welt hinausgeschrien!

Dustin parkte das Motorrad direkt vor dem Kino und stellte den Motor ab. Er sah sich um, während er sein Helmvisier hochschob. Erik müsste eigentlich leicht zu finden sein – so ein Zwei-Meter-Riese sticht schließlich sofort ins Auge. Aber nirgends war Erik zu sehen. Ein ungutes Gefühl beschlich ihn. War Erik etwa nicht gekommen? Normalerweise war er immer überpünktlich.

Plötzlich legten sich warme Hände von hinten über seine Augen. Dustin erstarrte für einen Moment, doch als er die vertrauten, kräftigen Finger erkannte, entspannte er sich sofort. Er lächelte und griff nach den Händen. »Erik?« murmelte er und drehte sich um.

Erik stand grinsend vor ihm, in einem schwarzen Poloshirt, lässigen Jeans und einer seiner typischen Lederjacken. Dustin musste sich ein Lächeln verkneifen – er sah einfach fantastisch aus. Ohne nachzudenken, zog er Erik in eine feste Umarmung.

»Hey, hey, langsam!« lachte Erik und schob Dustin sanft ein Stück von sich weg, als dieser ihn gerade küssen wollte. »Beruhig dich, Dustin.« Er wirkte leicht verlegen und schaute sich schnell um, als wolle er sicherstellen, dass niemand sie beobachtete.

Dustin trat einen Schritt zurück und rieb sich verlegen den Nacken. »Ups... sorry, ich... ähm...« Er lachte nervös und versuchte, seine Unsicherheit zu überspielen. »War wohl ein bisschen überstürzt.« Erik lächelte beruhigend und legte ihm kurz die Hand auf die Schulter. »Alles gut.« Sie schwiegen einen Moment, bis Dustin das Schweigen mit einem kurzen Lachen brach. »Also, gehen wir rein oder nicht?«

»Unbedingt«, erwiderte Erik grinsend. »Aber vorher brauche ich noch eine große Portion Popcorn. Und was zu trinken.« Natürlich kratzte die Art und Weise, wie Erik sich verhielt, an Dustins Ego. In Sachen Beziehung hatte er das Gefühl, er befände sich auf einer Schnellstraße, während Erik lieber mit 30 km/h auf dem Standstreifen unterwegs war. Er wollte auch keinen Druck auf Erik ausüben, nicht umsonst eierte er bei Mr. Matthews um den Begriff »Beziehung«, bloß, um nichts Falsches zu sagen. Auch im Kino hoffte er eigentlich darauf, dass Erik mal seine Hand halten würde, aber das tat er natürlich nicht. Er verhielt sich möglichst neutral. War es Erik unangenehm, dass er seine Gefühle in der Öffentlichkeit zum Ausdruck brachte?

Sie nahmen im Saal Platz. Der Film sollte gleich beginnen und Dustin war wieder einmal aufgeregt. Er hatte Angst, dass seine negativen Gedanken ihm den Abend verderben würden. Oder vielleicht war es auch nur seine Paranoia, die immer mehr Kontrolle über ihn gewann. Erik saß neben ihm. Er lächelte ihn in der Dunkelheit an und reichte ihm sein Popcorn. Erik nahm es entgegen und bedankte sich. Dustin lehnte sich auf dem Sitz zurück und wartete darauf, dass der Film begann. Er füllte seinen Mund mit Popcorn und entspannte sich.

Der Film begann und Dustin lächelte breit, denn er konnte nicht glauben, dass er endlich mit jemandem ausging, den er wirklich mochte. Erik ging ihm den ganzen Tag über nicht aus dem Kopf. Seit der Nacht, als er mit Emma die Sternschnuppen beobachtet hatte und unweigerlich zum ersten Mal an Erik denken musste, war ihm bewusst, dass es eine besondere Verbindung zwischen ihnen gab. Es konnte kein Zufall gewesen sein, dass Erik Jonathan Davis auf mysteriöse Art und Weise genau jetzt in Dustins Leben gestolpert war.

Der Film startete und Dustin stellte nach kurzer Zeit fest, dass er nicht so interessant war, wie er es gehofft hatte. In den Nachrichten hatte er so viel Gutes über den neuen »Action-Thriller« gehört. Begriffe wie »nervenaufreibend« und »atemlos« wurden rauf und runter gebetet. Doch Dustin hatte den Eindruck, dass nach fünf Minuten ein Großteil der Handlung schon vorhersehbar war. Gelangweilt verlor er sich in seinen Gedanken. Nach einer Weile neigte er leicht seinen Kopf und beobachtete Erik, der gebannt auf die Leinwand starrte und voll auf den Film konzentriert war. Dustin seufzte, lehnte sich in seinem Kinosessel zurück und schob sich nochmals etwas Popcorn in den Mund.

Auf der Leinwand sah man gerade einen großgewachsenen Polizisten in einem kargen Zimmer sitzen. Ihm gegenüber eine nervöse Dame mittleren Alters, die aufgeregt eine Zeugenaussage zu Protokoll gab. Der Polizist trug ein dunkelblaues Hemd. Er hatte beide Ärmel wahllos nach oben gekrempelt, was seine behaarten Unterarme freilegte. Über dem Hemd trug er einen schwarzen Halfter mit eingesteckter Pistole. Seine dunkelbraunen Haare waren akkurat zurückgegelt und sein Blick war laserscharf auf sein Gegenüber gerichtet. Die ältere Dame schrie förmlich in das Aufnahmegerät, was vor ihr lag. Es war eine unwirkliche Situation. Dennoch überlegte Dustin, ob Erik damals ähnliche Dinge erlebt hatte. Wer seine Wohnung so akkurat organisierte, besaß sicherlich eine kleine aber feine Auswahl an sauber gebügelten, knitterfreien Hemden. Und dann dieser Halfter. Muskulös gebauter Mann mit Knarre. Dustin musste schmunzeln. Ob Erik in einem Verhör auch mal laut geworden war? Einem Bösewicht eine geknallt hatte, bevor er ihn festnahm? Dann kam ihm ein schmutziger Gedanke und er musste grinsen.

Langsam schob er seinen Arm über die Lehne, legte seine Hand auf Eriks Schoß und begann ihn zu streicheln. Erik, der immer noch auf den Film konzentriert war, drehte sich plötzlich um und sah ihn an. Dustin konnte die Überraschung in seinen Augen sogar in dem schwach beleuchteten Raum sehen. Grinsend beugte sich Dustin zu ihm und drückte Erik einen Kuss auf die Wange.

»Dustin ! Hör auf ...«, flüsterte dieser.

»Ich kann nicht anders«, gestand Dustin.

Eriks Blick wanderte nervös durch den Kinosaal. Er fühlte sich einerseits bedrängt und andererseits wollte er nicht, dass die Leute sie so sahen. Er hatte keine Lust drauf, zum neusten Getratsche im Ort zu werden. Er sah ein Pärchen eng umschlungen die Treppe zum Kinosaal hinaufsteigen. Er kniff die Augen zusammen, um sie besser sehen zu können, denn sie kamen ihm bekannt vor. Und tatsächlich, er kannte die Gesichter. Ruckartig wandte er den Blick ab und hoffte, dass sie ihn in dem schwach beleuchteten Raum nicht erkennen würden.

»Hey ... Erik?« Mit überraschter Miene kam der Mann auf Erik zu, seine Freundin hinter sich herziehend.

Schnell schubste Erik Dustins Hand von seinem Schoß. Sein Herz pochte heftig. Er hatte das Gefühl, als würde der Raum wärmer werden. »Jo ! Jason! Melanie! Wie geht es euch?«, flüsterte er.

»Uns geht es gut. Hey – es ist super, dass ich dich treffe. Ganz kurz: Es gibt traurige Neuigkeiten«, sagte Jason mit gesenkter Stimme und kniete sich neben Eriks Sitz. Von der Reihe dahinter schnaubte jemand ein »Psssst!«

»Was ist denn los?«, fragte Erik.

»Das alte Fräulein Schneider ist tot und ihre Tochter hat mich gefragt, ob ich ihr Haus räumen kann. Du hast doch einen großen Lieferwagen, oder?«, fragte Jason.

»Ja«, Erik nickte betroffen.

Dustin tat, als hätte er sich völlig in den bewegten Bildern auf der Leinwand vor ihm verloren. Doch mitnichten. Aus dem Augenwinkel beobachtete er genau, was sich neben ihm abspielte. Er kam sich vor wie Luft. Niemand hatte bisher etwas zu ihm gesagt, geschweige denn, dass Erik ihn vorgestellt hätte.

»Können wir es uns denn mal vielleicht die Tage ausleihen?«, fragte Jason Erik.

»Traurige Nachrichten ... Aber sicher, klar. Melde dich einfach«, flüsterte Erik. Jason blickte interessiert zu Dustin und dann wieder zu Erik. Irgendetwas schien nicht zu stimmen.

»Nun – sorry für die Störung«, sagte er schließlich. »Viel Spaß noch!« Er nickte beiden freundlich zu und ging mit seiner Freundin zu ihren Plätzen. Erik stieß einen Seufzer der Erleichterung aus und lehnte sich auf dem Sitz zurück. Er hatte gerade seinen Arsch davor bewahrt, vor Jason und seiner Frau ernsthaft ausgefragt zu werden. Jetzt konnte er sich wieder auf den Film konzentrieren.

Dustin saß wie versteinert im Kinositz. Seine Gedanken fuhren Achterbahn. *Wie Erik mich vor den beiden behandelt hat ... WIE LUFT. Innerlich ging eine Bombe nach der anderen in ihm hoch. Er hat die Hand von meinem Schoß geschlagen ... Baaam! Und als die beiden zu ihren Plätzen gegangen sind, hat er sich noch nicht einmal entschuldigt ... Boom! Er verhält sich immer so merkwürdig, wenn wir zusammen in der Öffentlichkeit sind ... Baaaam! Er ist immer so unentspannt … Booom! Was bin ich für ihn eigentlich? Nur ein Abenteuer? KAAAABOOOOOOM!*

Ihm drehte sich der Magen um. Bis der Film endlich zu Ende war, bewegte er sich minimalst. Schweigend liefen sie im Anschluss zum Parkplatz. Dustin hatte keine Lust zu sprechen. Er wartete darauf, dass Erik die Situation ansprach und erklärte, warum er sich so verhalten hatte.

»Lass uns zu mir gehen«, durchbrach Erik die Stille.

Ach ja – Sex geht immer, mh? In Dustins Augen blitzte es.

»Ich bin nicht mit meinem Motorrad gekommen«, gestand Erik grinsend, während er sich am Hinterkopf kratzte.

»Schon okay. Ich nehme dich mit«, sagte Dustin. »Komm.«

Sei steuerten seine neongrüne Yamaha an, Dustin startete den Motor, Erik sprang hinter ihm auf die Maschine und umfasste seine Taille. Das Motorrad setzte sich in Bewegung. Dustins Herz klopfte wie ein Presslufthammer in seiner Brust. Er war außer sich. Sie flogen über die Straßen von Cedar Creek, überquerten den Highway und fuhren direkt nach Manderfield. Die ganze Fahrt über kreisten wilde Gedanken in Dustins Kopf: Was wir hier machen, ist ganz normales Paarverhalten. Wir sorgen uns umeinander. Aber dennoch wurde er das Gefühl nicht los, dass Erik nicht hundertprozentig hinter ihrer Beziehung – was auch immer deren Status gerade auch war – stand und sich nicht voll zu ihm bekennen würde.

Dreißig Minuten später – für Dustin gefühlt eine halbe Ewigkeit – erreichten sie endlich den Vorgarten von Eriks Haus. Er seufzte und sah Erik zu, wie er vom Motorrad abstieg, seine Lederjacke öffnete und den Helm an einen der Griffe hing. Er ging zur Haustür, schloss sie auf und betrat die Wohnung – gefolgt von Dustin, schweigend und in sich gekehrt.

Erik drehte sich um und grinste ihn an, aber Dustin wich zurück. »Sag mal, ist alles in Ordnung bei dir?«, fragte er verwirrt. Und genau das brachte das Fass zum Überlaufen. Alles, was sich in Dustin angestaut hatte, stand kurz vor dem Ausbrechen.

»Also, Erik, ganz ehrlich: Was sollte das vorhin? Tu nicht so, als wüsstest du nicht, worum es geht!«, sagte Dustin erbost.

Erik blickte ihn verwirrt an. »Okay? … Ich weiß eindeutig nicht, wovon du sprichst, Dustin«, gestand er. »Hilf mir auf die Sprünge.«

Dustin ballte die Hände zu Fäusten. Sein innerer Kommentator lief zur Höchstform auf: Erik versteht nicht, was passiert ist? Er versucht zu leugnen, was er getan hat? Habe ich mich so in ihm getäuscht? War ich für ihn doch nur ein kurzweiliger Zeitvertreib? Dustin war enttäuscht von sich selbst. »Wenn wir in der Öffentlichkeit sind, behandelst du mich oft wie Luft«, bemerkte er mit eiskalter Stimme.

Erik seufzte. »Dustin …«

»Liebst du mich?«, unterbrach ihn Dustin.

Erik schreckte zurück. Was soll denn das jetzt schon wieder für ein unnötiges Drama werden? Er hörte seinen Herzschlag in seinen Ohren pochen. Was empfand er für Dustin? Er wusste es nicht. So lange Zeit hatte seine Welt nur aus ihm und seiner Werkstatt bestanden. Er war so lange betäubt gewesen, bis auf einmal Dustin in sein Leben trat. Die starken Gefühle, die er in Dustins Nähe hatte – vielleicht war das wirklich Liebe.

»Sag was!«, befahl Dustin mit zusammengebissenen Zähnen.

»Jetzt entspann dich doch mal. Ja, ich… ich glaube, ich liebe dich.« Erik kam ins Stottern.

»Warum fühlst du dich dann in der Öffentlichkeit unwohl mit mir?«, wollte Dustin wissen.

Erik öffnete den Mund, um zu sprechen, aber es kamen keine Worte heraus. Dustin schüttelte den Kopf. »Offensichtlich weißt du nicht, was du willst.« Erik wurde zunehmend wütender. Er bemühte sich um ihn, weil er das alles nicht gewohnt war und Dustin zeigte keinerlei Verständnis. Alles, was er von Dustin forderte, war Geduld. »Scheiß drauf, Dustin! Ich bemühe mich sehr um dich und das ist deine Antwort?«

Dustin sah ihn mit einer hochgezogenen Augenbraue an, offensichtlich perplex. Er konnte nicht glauben, dass Erik so etwas gesagt hatte. »Jetzt bin ich also schuld?«, fragte er.

Erik öffnete den Mund, um zu sprechen, wurde aber von Dustin unterbrochen.

»Weißt du was? Vielleicht sollten wir uns ein paar Tage lang nicht sehen!«

»Dustin, warte!«, rief Erik, aber Dustin hatte das Haus bereits verlassen. Er stürmte zu seiner Yamaha und fuhr wutentbrannt davon.

Kapitel 14
Schwarz

Dustin saß zusammengesunken auf seinem Bett, wie ein Häufchen Elend. Er hatte kaum geschlafen und trotzdem war er schon früh wach geworden. Ein Kloß steckte in seinem Hals, Tränen liefen über seine Wangen. Seufzend riss er eine Packung Taschentücher auf und schnäuzte sich. »So eine Scheiße«, murmelte er und rollte sich auf seinem Bett zusammen. Es war gerade mal sieben Uhr. Ob er jetzt schon Elly oder Brian erreichen konnte? Nach ein paar Klingelzeichen meldete sich Elly, ihre Stimme verschlafen und besorgt. »Oh Gott… Dustin, was ist los?«

»Ich glaube, du hattest recht«, brachte Dustin stockend hervor und kämpfte gegen die Tränen. Tief schluchzend begann er, ihr zu erzählen, was gestern passiert war.

Elly schwieg einen Moment, dann seufzte sie. »Dustin, es tut mir so leid. Aber ich glaube einfach, er ist noch nicht so weit. Du brauchst jemanden, der dieses ganze Outing-Ding schon hinter sich hat.«

»Weißt du«, begann Dustin, unsicher, »ich wollte seinen Freunden sagen, wer ich wirklich bin und was ich ihm bedeute. Aber vielleicht ist das der Punkt… Vielleicht sind wir wirklich nur Freunde?«

Elly atmete hörbar aus. »Schau, Dustin. Die eigentliche Frage ist doch: Fühlst du dich in dieser Beziehung wirklich sicher? Du kannst all den Spaß und die Leidenschaft in einer Beziehung erleben – aber wenn du dich dabei nicht sicher fühlst, wirst du nie wirklich glücklich werden.« Dustin schwieg, den Blick auf die zerknitterte Taschentuchpackung gerichtet. »Ich bin es ehrlich gesagt auch leid, ständig über dieses Thema nachzudenken. Ich muss meinen Kopf frei bekommen.« Er räusperte sich und strich sich die Tränen aus den Augen. »Wie gut, dass ich heute wieder eine Doppelschicht im Baumarkt habe!«

Elly prustete am Telefon laut los.

»Uh la la – die Werkzeug-Boutique! Na dann …«

»Ich melde mich später. Danke, Elly!« Dustin legte auf und ging ins Bad. Er duschte und ließ anschließend kaltes Wasser über sein Gesicht laufen. Wenn er sich beeilte, würde er seinen Eltern nicht über den Weg laufen. Besonders seine Mutter würde sofort spitzkriegen, dass es etwas nicht stimmte, besonders, wenn er so verheult aussah. Dustin rollte sein Motorrad lautlos aus der Garage und startete den Motor erst, als er sich dem Ende der Straße näherte. Er erreichte den Baumarkt kurz nach Mr. Matthews. Als dieser ihn sah, lächelte er. Dustin war jedoch nicht in der Stimmung für ein Lächeln. Seine Gefühle waren auf Eis gelegt, also nickte er dem alten Mann zu und ging direkt zu seinem Spind im Büro von Mr. Matthews.

Er starrte auf eine Postkarte mit einem gezeichneten Adler, die Erik ihm geschenkt hatte und fühlte sich völlig ausgebrannt, leer von Emotionen. Wie konnte ihm Erik das nur antun? Hatte er ihn tatsächlich die ganze Zeit über nur benutzt? Er wusste nicht einmal, was er wollte oder was er wirklich für Dustin empfand. Nach allem, was in dieser kurzen Zeit schon passiert war. Er nahm die Karte vom Spind und donnerte sie in den Mülleimer. Mutlos trottete er zurück zum Tresen. Dustin starrte auf die Eingangstür, ohne zu bemerken, was um ihn herum geschah. Sein Herz war schwer und so wollte er nicht mehr leben. Er musste einen Weg finden, das letzte Stück Menschlichkeit, das noch in ihm steckte, aus dem dunklen und leeren Käfig herauszuholen, in dem es gefangen war. Doch wie konnte er sich aus diesem Tief befreien? Dustin fühlte sich leer und das war Eriks Schuld. Er hatte ihn zurückgewiesen, weil er seine Hand in der Öffentlichkeit nicht halten wollte. Er wollte, dass ihre Beziehung geheim blieb, weil er sich schämte, in einen anderen Mann verliebt zu sein.

»Geht es dir gut, mein Sohn?« Mr. Matthews musste schon eine Weile neben ihm gestanden haben.

Dustin blinzelte kurz und sah ihn an. Er konnte den besorgten Blick auf seinem Gesicht sehen. Wusste Mr. Matthews, was passiert war? Das Letzte, was er brauchte, war jemand, der sich auch noch Sorgen um ihn machte. Er wollte den alten Mann nicht mit seinen Problemen belasten.

»Ja, ja … mir geht es gut«, versicherte er.

Mr. Matthews schien von Dustins Worten nicht überzeugt zu sein. Seit einer Stunde sah er ihn an und Dustin starrte die ganze Zeit nur auf die Tür. Hatte er jemanden erwartet? Wahrscheinlich nicht. Wenn ja, wäre seine Stimmung ängstlich gewesen. Er war traurig, schwach und müde. Er konnte die Traurigkeit in seiner Aura spüren. Sie sickerte heraus.

»Dustin, wenn du möchtest, kannst du dir den Tag frei nehmen«, sagte Matthews.

Dustin sah seinen Chef überrascht an. Er fragte sich, warum er so freundlich zu ihm war. Er verhielt sich ihm gegenüber wie ein Vater und das wusste er wirklich zu schätzen. »Sind Sie sicher, Sir? Es ist besser, wenn ich bleibe«, versuchte er abzulehnen.

»Damit du meine Kunden mit diesem schrecklichen Gesicht, das du gerade trägst, verjagen kannst?«, fragte Mr. Matthews. »Nein. Keine Chance auf der Welt.«

»Es tut mir leid, Sir«, entschuldigte sich Dustin und schenkte ihm ein gequältes Lächeln. »Geh nach Hause oder wohin auch immer und finde heraus, was dich wirklich bedrückt. Ach ja – und komm erst zurück, wenn du es überwunden hast«, befahl Mr. Matthews. »Die psychische Gesundheit geht vor.« Dustin ging auf seinen Chef zu und umarmte ihn fest. Mr. Matthews wurde davon völlig überrascht und verkrampfte sich. Es dauert etwas, bis er Dustins Rücken zaghaft tätschelte.

»Danke, Sir«, sagte Dustin anerkennend.

»Pass auf dich auf, Junge.«

Dustin nickte, holte seine Lederjacke und seinen Helm aus seinem Spind und verließ den Baumarkt. Auf dem Parkplatz atmete er tief durch. Es zog ihn fort von hier. Er wollte einfach losfahren. Ohne Ziel. Auf keinen Fall Richtung Norden. Es waren noch nicht viele Menschen unterwegs. Er liebte den Anblick der Morgensonne über Cedar Creek. Er wollte die Sonne berühren. Er wollte in der Luft sein. Er wollte schweben wie ein Adler. Auf seinem röhrenden Motorrad fuhr er zwischen Autos und Lastwagen hindurch, bewegte sich hastig. Er wollte raus aus der Stadt, er wollte allein auf einer Landstraße sein, wo er die Augen schließen und sich vorstellen konnte, wie ein Adler zu fliegen. Der Adler erinnerte ihn an Erik und den Text in der Nacht, als sie zum ersten Mal Sex hatten. Er konnte nicht glauben, dass er darauf hereingefallen war. Er biss sich auf die Zähne und drückte die Schalthebel. Der Motor heulte auf und das Fahrzeug wurde schneller. Er befand sich jetzt auf dem Highway und konnte immer noch die Sonne vor sich sehen. Er bog in eine Straße ein, die zu beiden Seiten von Büschen gesäumt war. Je schneller er fuhr, desto näher kam er der Sonne. Niemand war mit ihm auf der Straße, nur Maisfelder und Gebüsch leisteten ihm

Gesellschaft. Dustin liebte das Gefühl des Windes, der gegen sein weißes T-Shirt drückte. Er schloss die Augen, atmete tief ein und spürte, wie das Leben langsam wieder in ihn zurückkehrte. Es war, als würde er sich endlich aus dem dunklen Käfig befreien, in dem sein Glück so lange gefangen gewesen war.

Doch dann geschah alles viel zu schnell, um reagieren zu können. Plötzlich merkte er, wie sein Motorrad gegen etwas prallte. Für einen Moment fühlte er sich schwerelos, wie ein Adler, der durch die Luft glitt. Es war kein Traum. Es war die Realität. Als er die Augen öffnete, sah er die Straße unter sich langsam kleiner werden. Sein Motorrad war weg und unter ihm erstreckte sich nur noch ein weites Maisfeld. Dustin fiel und der Aufprall auf den harten Boden riss ihm den Atem aus der Lunge. Das letzte, was er wahrnahm, war das entfernte Röhren des Motors seiner Yamaha – dann wurde alles schwarz.

Kapitel 15
Kontrolle

Erik zog die Schraube fest, mit aller Kraft, die er aufbringen konnte. Den ganzen Morgen hatte er an einem neuen Wagen geschraubt und war froh, dass dieser knifflige Job ihn ablenkte. Er wollte nicht an Dustin denken – nicht an das, was zwischen ihnen vorgefallen war. Immer wieder fragte er sich, ob er anders hätte handeln sollen. Aber das war nun egal; er zahlte den Preis dafür. Seit Tagen hatten sie keinen Kontakt mehr. Dustin hatte kein einziges Mal versucht, ihn anzurufen und Erik brachte es nicht über sich, den Hörer in die Hand zu nehmen und Dustins Nummer zu wählen. Er wollte die Dinge nicht noch mehr verkomplizieren. Vielleicht war es besser, wenn sie sich erst einmal ein paar Tage nicht sahen. Es würde ihnen beiden die Möglichkeit geben, das Gesagte zu verdauen und die Wunden ein wenig zu heilen. Besonders für Dustin war das wichtig.

Erik hatte zu spät erkannt, wie weit Dustin emotional bereits war und war sicher auch ein Stück weit wütend auf sich selbst, weil er diese Liebe nicht erwidern konnte. Vielleicht hätte er sich von Anfang an von Dustin fernhalten sollen. Dann wäre all das nicht geschehen. Sie könnten jetzt ihr Leben ganz normal weiterführen – ohne das ganze Drama und den Schmerz, ohne ständig aneinander denken zu müssen. Als Erik in die Werkstatt zurückkehrte, hatte Sunny ihn natürlich sofort durchschaut. Sie ließ ihm keine andere Wahl, als ihr alles zu erzählen. Also schilderte er ihr den Abend Stück für Stück und erkannte dabei, dass sich dieses Problem nicht einfach von selbst in Luft auflösen würde. Er musste sich dem stellen. Er musste mit Dustin reden – und vor allem musste er sich entschuldigen. Er vermisste ihn. Er wollte ihn zurück. Plötzlich klingelte Eriks Handy. Für einen kurzen Moment hoffte er, Dustins Namen auf dem Display zu sehen. Er wischte sich die ölverschmierten Hände an einem Tuch ab, griff in seine Tasche und zog das Telefon heraus. »Jason«, begrüßte er steif.

»Heeey Erik!«, flötete Jason fröhlich zurück. «Wie kann ich dir helfen?«

»Äh... Ich hatte dir doch davon erzählt, dass wir das Haus der alten Frau Schneider ausräumen sollen. Weißt du noch? Da bräuchte nun deine Hilfe, wenn das möglich wäre... heute vielleicht?«

Erik sah sich das Auto an, das er repariert hatte. Er war fertig und konnte sich eigentlich die Zeit nehmen. Frau Schneider lebte weit außerhalb von Manderfield – die Gefahr, Dustin über den Weg zu laufen, bestand also nicht. »Sicher. Ich bin auf dem Weg.«

»Mensch... Danke, Mann!«

Erik legte auf. Sie würden seinen Lieferwagen brauchen, wenn sie alles ausräumen wollten. Er ging zum anderen Ende des Ladens und entfernte die Plane vom Lieferwagen. Staub wirbelte durch die Luft. »Sunny? Ich muss nochmal los. Kannst du später hier alles abschließen?« Eriks laute Stimme hallte durch die Werkstatt. Er stieg in den Wagen, nahm die Schlüssel aus dem Handschuhfach und ließ den Motor etwa dreißig Sekunden lang hochdrehen, bevor er den Gang einlegte und auf das Gaspedal trat. Er sah Sunnys überraschtes Gesicht im Rückspiegel, als er aus der Werkstatt fuhr.

Erik bugsierte den scheppernden Lieferwagen aus der Stadt heraus und erreichte den Highway Richtung Norden. Er trat auf das Gaspedal und der Wagen wurde schneller. Sein Telefon klingelte und er vermutete, dass es Jason war. Er ging sofort ran.

»Wo bist du?«, fragte Jason.

»Ich bin auf dem Highway«, antwortete Erik.

»Alles klar. Ich stehe an der Raststätte oberhalb von Memming-cut«

»Okay. Wir treffen uns dort.« Erik beendete das Gespräch und trat auf das Gaspedal. Eigentlich war ihm nicht nach Gesellschaft. Vor allen Dingen, da er heute nicht so gesprächig war und er wollte auch sämtlichen Fragen von Jason aus dem Weg gehen. Als Erik an der Raststätte ankam, stieg er aus seinem Wagen und wollte gerade Jasons Nummer wählen – doch da sah er, wie dieser bereits breit lächelnd auf ihn zulief. Jason öffnete die Beifahrertür und setzte sich zu ihm ins Auto. Auf der Fahrt zu Frau Schneiders Haus herrschte Stille im Wagen. Das überraschte Erik, denn Jason war normaler-weise nicht der stille Typ. Hatte sein Gesichtsausdruck signalisiert, dass er kein Gespräch wünschte? Erik warf einen Blick in den Rück-spiegel und stellte fest, dass es genau so war: Seine Stirn war gerun-zelt, die Mundwinkel zeigten nach unten. Ungläubig seufzte Erik leise.

Als sie schließlich bei Frau Schneiders Haus ankamen, hielt Erik am Straßenrand, stellte den Motor ab und stieg gemeinsam mit Ja-son aus.

»Maryann!«, rief Jason, als sie zur Tür traten.

»Jason«, antwortete die Angesprochene und umarmte ihn herz-lich.

Maryann war eine beeindruckende Erscheinung: groß, mit schwarzen Haaren, dunklem Teint und einer unglaublich positiven Ausstrahlung. Sie war die Tochter der kürzlich verstorbenen Frau Schneider und hatte in den letzten Tagen vermutlich eine wahre Hölle durchlebt. Erik dachte an ihren Kummer und versuchte, ihn mit seinem eigenen zu vergleichen. Ihr Verlust war weitaus größer – sie hatte ihre Mutter verloren. Dennoch fühlte sich Erik, als hätte auch er einen Teil von sich verloren. »Hallo, Erik! Danke, dass ihr so kurzfristig kommen konntet«, sagte Maryann und lächelte sanft.

Erik nickte ihr zu. »Mein herzliches Beileid...«

»Danke«, erwiderte sie leise.

»Dann lasst uns an die Arbeit gehen!« Jason hatte bereits Arbeitshandschuhe angezogen und klatschte in die Hände.

»Ja, klar«, sagte Maryann und ging voraus ins Haus.

Drinnen fand sich Erik in einem wunderschön eingerichteten Heim wieder. Jeder Raum war geschmackvoll mit Antiquitäten, Ölgemälden, Kerzenständern und Samtmöbeln ausgestattet. Dieser Anblick überraschte ihn; er betrachtete alles voller Bewunderung.

Maryann tauchte mit zwei Kisten auf und überreichte sie ihnen. »Hey, Jungs, in diesen Kisten sind persönliche Dinge, die ich gerne behalten möchte. Könntet ihr sie später bei mir zu Hause abgeben?«

»Natürlich«, antwortete Jason und nahm die Kisten entgegen, während Erik begann, die ersten Gegenstände in Umzugskartons zu verstauen. Als der Karton voll war, trug er ihn hinaus und verstaute ihn im Lieferwagen. Danach nahm er sich einen neuen Karton und räumte ein Bücherregal leer. Dabei fiel ihm eine der Kisten auf, die Maryann gepackt hatte. Sie war gefüllt mit alten Fotos, die Frau Schneider in jungen Jahren zeigten – Bilder von ihr und ihrem Mann, ihrer Familie und vielen anderen Menschen. So viele glückliche Gesichter! Frau Schneider hatte offenbar ihre Träume gelebt, die Liebe ihres Lebens gefunden und war schließlich als glückliche Frau gestorben.

Erik hob die Kisten vorsichtig auf, wickelte sie behutsam in eine Decke und brachte sie ebenfalls zum Lieferwagen. Als er wieder ins Haus kam, sah er Maryann, die auf dem Boden kniete und weitere Bilder sortierte.

»Das sind wunderschöne Fotos von Elizabeth«, sagte er leise und schaute auf die Erinnerungen, die vor ihnen lagen.

Maryann nickte lächelnd.

»Sie schien ihr Leben lang glücklich gewesen zu sein«, fügte er hinzu.

»Meine Mutter war eine fröhliche Frau«, sagte sie fast flüsternd. »Sie war eine starke Frau. Ich habe sie bewundert. Weißt du, Erik, sie und mein Vater waren vierzig Jahre lang verheiratet. Sie erzählte mir oft davon, wie sie meinen Vater zum ersten Mal sah und sofort wusste, dass er der Richtige war. Und allen Widrigkeiten zum Trotz hatte sie sich durchgesetzt und ihn geheiratet.«

»Gab es Probleme?«, fragte Erik.

»Ja, die Zeiten damals waren wirklich hart«, sagte sie. »Meine Großeltern waren alles andere als begeistert, dass sie einen Mann mit einer anderen Hautfarbe heiratete. Kurz vor der Hochzeit haben sie sie aus dem Haus geworfen. Sie und mein Vater lebten jahrelang in einer Einzimmerwohnung, bis sie sich etwas Größeres leisten konnten. Es war nicht leicht, aber sie haben daran geglaubt, dass ihre Liebe alles überwinden kann. Sie war wie ein Schutzschild. Unglaublich, die beiden.«

Erik hatte das Gefühl, als würde sie von ihm sprechen. Er wusste, dass er für Dustin hätte da sein sollen, anstatt ihn bei der ersten Meinungsverschiedenheit einfach ziehen zu lassen. Ein Kloß bildete sich in seinem Hals und langsam stiegen ihm Tränen in die Augen.

Maryann bemerkte es und legte ihre Hand auf seinen Arm. »Erik, was ist los mit dir?«

Er schluckte schnell und räusperte sich. »Ach, nichts. Das hat mich nur gerade sehr berührt. Liebe… Man kann sie wohl einfach nicht kontrollieren, oder?«

Maryann lächelte sanft. »Nein, natürlich nicht. Wir werden immer durch das definiert, was wir kontrollieren können. Aber Liebe? Die kann man nicht beherrschen.«

Dann sah sie ihm tief in die Augen und fuhr fort:

»Erik, die Frage ist doch, was in einem stärker ist –

der Wunsch, die Kontrolle zu behalten, oder der, sie loszulassen.«

In diesem Moment wurde Erik klar, was er zu verlieren riskierte. Doch er würde dieses Mal keinen Rückzieher machen.

Nein, nicht diesmal.

Es war schon spät am Abend. Erik hatte den ganzen Tag im Haus von Frau Schneider verbracht und dabei gefühlt Tonnen an Kisten ausgeräumt. Nun lag er erschöpft auf seinem Sofa, starrte an die Decke und spürte jeden einzelnen Muskel in seinem Körper. Seine Gedanken kreisten unaufhörlich: Wie hatte er Dustin jemals gehen lassen können? Und vor allem – wie könnte er ihn zurückgewinnen?

Plötzlich kam ihm eine Idee. Er sprang auf, griff nach seinem Handy und suchte in seinen Kontakten nach einem bestimmten Namen. Er tippte darauf und das Telefon wählte.

»Peter Dooley, hallo?«

»Peter! Hier ist Erik Davis aus Manderfield.«

»Erik! Hey, was kann ich für dich tun? Hast du vielleicht einen Kunden, der sein Motorrad verkaufen möchte?«

Erik schmunzelte. »Nun ja, das habe ich tatsächlich. Sechs Stück, um genau zu sein.«

Am anderen Ende der Leitung wurde es still.

»Peter?«

»Ja … äh, ja, Erik. Klar, ich kann mich drum kümmern.«

Erik strahlte. »Könntest du morgen vorbeikommen?«

Am nächsten Tag ließ Erik sechs seiner Oldtimer-Motorräder von Peter abholen. Peter war ein erfahrener Händler und würde sie schnell für ihn verkaufen. Doch während des Deals warf er Erik immer wieder ungläubige Blicke zu. »Bist du dir wirklich sicher?« Aber Erik hatte einen Plan. Der große Raum neben seiner Werkstatt war nun leer. Er stellte eine Werkbank heraus, putzte die Fenster, wischte den Boden und sorgte für Ordnung. Dann fuhr er mit seinem Transporter nach Richfield, stürmte in einen XXL-Baumarkt und kaufte die halbe Kreativabteilung leer. Stunden später stand er mit verschränkten Armen im Türrahmen und betrachtete zufrieden sein Werk: Er hatte den Nebenraum seiner Werkstatt in ein Atelier verwandelt. Plötzlich tauchte Sunny hinter ihm auf. Den ganzen Tag war sie wie eine neugierige Katze um die Werkstatt herumgeschlichen. Jetzt schob sie ihn zur Seite und warf einen Blick in den Raum. Dort standen akribisch drapierte Staffeleien, ordentlich angeordnete Farbtuben, Pinsel und Leinwände. Sprachlos blickte sie sich um.

»Und?«, fragte Erik mit einem Grinsen.

»Erik! Das ist … das ist … FABELHAFT!« Sunny schlug die Hände vor das Gesicht und quietschte vor Freude.

»Schau mal, ich habe sogar eine kleine Siebdruckmaschine besorgt. Damit kann er T-Shirts und sowas bedrucken. Ist das nicht cool?« Er strahlte vor Stolz.

Sunny legte ihre Hände an seine Wangen, zog ihn herunter und gab ihm einen Kuss auf die Stirn.

»Das hast du WIRKLICH gut gemacht.

Und jetzt: HOL IHN DIR ZURÜCK, TIGER!«

Erik lächelte leicht unsicher, nickte und kämpfte gegen eine aufsteigende Träne, die Sunny sicherlich nicht bemerkte.

Frisch geduscht stand Erik wenig später vor seinem Kleiderschrank. Was sollte er bloß anziehen? Seine Wahl fiel auf ein kariertes Flanellhemd, dunkelblaue Jeans und ein paar halbwegs intakte Boots. Nervös strich er sich über die Haare. War das zu viel Parfüm? Sollte er noch Blumen mitnehmen, falls Dustins Eltern zu Hause waren? Oder eine Flasche Wein für seinen Vater? Unsicher schnappte er sich einen guten Rotwein aus seinem Regal und verließ das Haus. Die Sonne stand bereits tief am Horizont.

Heute wollte er nicht mit dem Motorrad fahren. Stattdessen stieg er in seinen schwarzen Geländewagen. Kaum war er auf der Straße, pochte sein Herz schon bis zum Hals. Er überlegte, was er sagen sollte, wenn er Dustin gegenüberstand. Sicher würde Dustin ihn kritisch mustern. Was, wenn Dustin ihn gar nicht sehen wollte? Es bestand die Möglichkeit, dass all seine Mühe vergeblich war. Er erreichte Cedar Creek und spürte, wie seine Hände am Lenkrad zitterten. Adrenalin schoss durch seinen Körper, Furcht und Anspannung überwältigten ihn. Er spielte mit dem Gedanken umzukehren, zurück nach Manderfield zu fahren, aber das war jetzt keine Option mehr. Er war hier und es gab kein Zurück.

Kapitel 16
Lost

Erik parkte den Van vor dem Haus der McNeals. Der Motor lief noch ein paar Sekunden nach, bevor er ihn ausschaltete. Seine Hände lagen einen Moment länger am Lenkrad, als nötig, während er sich zwang, durchzuatmen. Seit Tagen hatte er nichts von Dustin gehört und jetzt stand er hier, vor der Haustür seiner Eltern, ohne zu wissen, was ihn erwarten würde. Als er die Verandastufen hochging, spürte er, wie sein Herz immer schneller schlug. Er klopfte. Einmal. Dann zweimal.

Die Tür öffnete sich einen Moment später und eine Frau trat heraus. Erik brauchte nicht zu raten, wer sie war – Dustins Mutter. Ihr Gesicht war blass, die Augen gerötet, als hätte sie lange geweint. Sie sah ihn kurz an, bevor sie den Blick senkte. »Guten Tag, Mrs. McNeal«, begann Erik vorsichtig. »Ich bin Erik… ein Freund von Dustin. Ich wollte sehen, ob er hier ist.«
Ihre Schultern sackten leicht nach unten. Es sah aus, als hätte allein sein Name etwas in ihr ausgelöst. Sie presste die Lippen zusammen, schien nach den richtigen Worten zu suchen, während sie eine Träne von ihrer Wange wischte.
»Dustin… ist nicht hier«, sagte sie leise. Erik runzelte die Stirn.
»Was meinen Sie damit? Ist er…?«
Bevor sie antworten konnte, tauchte ein Mann hinter ihr auf. Er war groß und kräftig gebaut, aber sein Gesicht war eingefallen, die Augen umrahmt von dunklen Schatten. Erik erkannte ihn aus Bildern – Dustins Vater. »Er wird vermisst«, sagte der Mann direkt.

Seine Stimme klang müde, wie jemand, der die letzten Stunden nur mit Sorgen und Schlaflosigkeit verbracht hatte. »Seit zwei Tagen. Die Polizei sucht, aber bisher…« Erik spürte, wie ihm der Atem stockte. Sein Magen zog sich zusammen und er konnte nichts tun, außer den Mann anzustarren. »Vermisst?«, wiederholte er schließlich, mehr zu sich selbst als zu ihnen. Es fühlte sich an, als hätte ihm jemand den Boden unter den Füßen weggezogen.

Da erschien plötzlich Emma hinter ihrem Vater.

»Erik?« Sie lief auf ihn zu und umarmte ihn. »Daddy? Das ist Erik. Ein Freund von Dustin.« Mr. McNeal musterte Erik von Kopf bis Fuß. »Na gut. Möchten Sie vielleicht kurz hereinkommen?« Emma zog Erik an der Hand in das Haus, durch einen kleinen Korridor und in ein spärlich beleuchtetes Wohnzimmer. Er hatte immer noch nicht verstanden, was passiert war, blickte sich ungläubig um und setzte sich auf einen Stuhl gegenüber von Dustins Mutter. Die Stimmung war beklemmend. Er wusste, dass Dustin seiner Familie viel bedeutet, schließlich war er ihr einziger Sohn. Erik konnte sich kaum vorstellen, wie es sein mochte, einen Sohn zu verlieren.

»Möchten Sie ein Glas Wasser?«, fragte Dustins Vater.

»Gerne, Sir.«

Mr. McNeal nickte und ging langsam Richtung Küche. Von seinen dunklen und schlaffen Augen bis zu der Art, wie er ging, war zu erkennen, dass er sichtlich getroffen war. Diese ganze Situation schnürte Erik förmlich den Hals zu. Er ballte seine Hände zu Fäusten und blickte zu Boden. Was konnte er schon sagen? »Es tut mir leid, was passiert ist«? Er wusste es besser und zwar, dass Dustin wegen ihm traurig war, dass sie im Streit auseinandergegangen waren. Was, wenn Erik der Grund für Dustins Verschwinden war? Er hatte zu viel Angst, diesen Verdacht den McNeals gegenüber auch nur zu erwähnen. Was, wenn sie ihn für das Verschwinden ihres Sohnes verantwortlich machten?

»Hier, bitte sehr«, sagte Mr. McNeal und reichte ihm ein Glas mit eiskaltem Wasser, in dem eine Limettenscheibe schwamm. Dann ging er zu dem Sofa, auf dem seine Frau saß, ließ sich neben sie fallen und atmete aus. »Keiner seiner gottverdammten Freunde ist bisher hier aufgetaucht, seit es passiert ist. Woher kennen Sie meinen Sohn?« McNeal legte seine Hand auf den Oberschenkel seiner Frau und streichelte sie kurz.

»Nun ja – Dustin hatte sein Motorrad in meiner Werkstatt zur Reparatur und nun haben wir uns… mehr oder weniger… ähem.. angefreundet.« Eriks Stimme war brüchig und er wusste, dass seine Ausrede dünn klang. Die Wahrheit, die sich in seinem Inneren staute, hätte sich fast in seine Worte geschlichen, doch er biss die Zähne zusammen und hielt sich zurück. Mrs. McNeal hob den Kopf und schaute ihm prüfend ins Gesicht. »Er sprach seit einigen Wochen oft von einem neuen Freund... Er sagte, du wärst jemand Besonderes für ihn.« Ihre Stimme brach und sie griff nach der Hand ihres Mannes. »Er war so... aufgeregt in letzter Zeit. Etwas verunsichert, aber auch glücklich. Wir haben uns gewundert.« Erik schluckte schwer, fühlte die Last der unausgesprochenen Worte wie Steine in seiner Brust. Die Erinnerung an Dustins Worte hallte in ihm wider, als hätte er sie gerade erst ausgesprochen: *Erik, ich … ich liebe dich.* Er hatte darauf mit Schweigen und kalter Distanz reagiert. In einem Anfall von Verwirrung und Angst hatte er Dustin zurückgewiesen und nun, hier, in diesem Raum voller Trauer, fühlte er die Bedeutung dieser Momente klarer als je zuvor. »Haben Sie eine Ahnung, wo er hingegangen sein könnte?« Eriks Stimme war kaum mehr als ein Flüstern. Mr. McNeal schüttelte nur den Kopf, seine Augen starr auf einen Punkt im Boden gerichtet. »Er hat nichts gesagt. Keine Hinweise, keine Nachricht. Das passt überhaupt nicht zu ihm. «Mrs. McNeal wischte sich eine weitere Träne weg und sah Erik mit einem durchdringenden Blick an. »Falls du irgendetwas weißt … irgendetwas, was uns helfen könnte …« Erik spürte, wie seine Kehle trocken wurde. Er wollte es ihnen sagen, die Wahrheit über diesen Streit, über seine eigenen unausgesprochenen Gefühle, die er nun verzweifelt verstehen wollte. Aber er konnte es nicht – das hätte die McNeals nur weiter verletzt und ihnen eine Last aufgebürdet, die sie nicht verdient hatten. »Ich weiß nichts, was helfen könnte«, log er schließlich leise, während Schuld und Scham ihm die Luft nahmen. »Aber ich verspreche Ihnen, ich werde alles tun, um ihn zu finden. Er stand auf, unfähig, ihre fragenden Blicke länger zu ertragen. Seine Hand zitterte, als er das Wasserglas abstellte und sich zu Mrs. McNeal hinunterbeugte, um leise zu sagen: »Ich verspreche Ihnen, ich werde ihn zurückbringen.«

Als Erik die Haustür leise hinter sich schloss und auf die Veranda trat, wurde ihm schmerzhaft bewusst, dass er nicht nur Dustins Vertrauen, sondern vielleicht auch sein Herz gebrochen hatte. Die Kälte des Abends traf ihn wie ein Schlag und er atmete tief durch, um die Fassung zu bewahren. In seinem Inneren formte sich ein Entschluss: Er musste Dustin finden und ihm endlich das sagen, was er damals nicht über die Lippen brachte – dass er ihn vielleicht auch liebte. Und er musste es tun, bevor es zu spät war. Wenn Dustin tatsächlich wegen ihm abgehauen war und dadurch in eine gefährliche Situation geraten könnte, dann lag die Verantwortung bei ihm. Langsam trottete er zum Auto, stieg ein, drehte den Schlüssel im Zündschloss und fuhr los. Ein letzter Blick in den Rückspiegel zeigte das Haus der McMillers, das immer kleiner wurde. Auf der Veranda glaubte er, die Silhouette von Emma zu erkennen, die ihm hinterherblickte. Während er fuhr, dachte Erik über die jüngsten Ereignisse nach. Plötzlich kehrte dieses längst vergessene Gefühl zurück – die Intuition, die er aus dem Polizeidienst kannte. Es war eine Art innere Ruhe, bei der Gedanken scharf und klar wie Bilder vor dem geistigen Auge auftauchen und Zusammenhänge sichtbar werden, die anderen verborgen bleiben. Das war das Gespür, das Menschen im Polizeidienst entwickeln: die Fähigkeit, Lügen, Verstrickungen und Betrug regelrecht zu riechen. Das lernt man nur, wenn man es schafft, den Blick in menschliche Abgründe auszuhalten. Erik spürte instinktiv, dass es eine Verbindung zwischen dem Verschwinden von Toby Hanson und Dustin McNeal geben musste. Zwei Männer, die in kürzester Zeit spurlos verschwinden – das roch nach Fremdeinwirkung. Jemand spielte ein böses Spiel und diese Erkenntnis ließ das Blut in seinen Adern gefrieren. Er wusste aus unzähligen Fällen seiner ehemaligen Kollegen, dass bei Entführungsdelikten jede Sekunde zählte. Auch wenn er dem Polizeidienst den Rücken gekehrt hatte, im Herzen war er immer ein Cop geblieben. Es dauerte nur Sekunden, bis er den Entschluss fasste, diesen Fall nicht dem Schicksal zu überlassen. Auch ohne die Polizeimarke und das beruhigende Gewicht einer Pistole unter seiner Jacke würde er alles daransetzen, Toby und Dustin zu finden und sie sicher nach Hause zu bringen. Dustin würde er in seine Arme schließen – und ihn nie wieder loslassen.

Entschlossen griff Erik nach seinem Handy und wählte eine vertraute Nummer. Nach dem zweiten Klingeln ging Sunny ran.

»Erik?« Ihre Stimme klang überrascht, fast besorgt. »Was ist los? So spät rufst du doch sonst nie an.« Er atmete tief durch, bevor er antwortete, seine Stimme bebte leicht. »Sunny… er ist verschwunden. Dustin ist weg.« Ein scharfes Einatmen am anderen Ende der Leitung, gefolgt von einem Moment der Stille. »Oh mein Gott, Erik... wie kann das sein? Wann ist das passiert?«

»Ich weiß es nicht genau«, gab Erik zu und rieb sich die Stirn, die Augen fest geschlossen. »Er hat mir nichts gesagt. Es gab nur ein paar Andeutungen in letzter Zeit, aber… ich habe nicht zugehört. Ich dachte… ich dachte, es wäre nichts Ernstes.«

»Erik, das klingt überhaupt nicht nach dir«, sagte sie sanft.

»Du hast immer ein Gespür für sowas.«

Er seufzte schwer. »Ja, das dachte ich auch. Aber dieses Mal habe ich versagt. Ich hab ihn im Stich gelassen.«

»Hör zu, das bringt uns jetzt nicht weiter.« Sunnys Stimme nahm einen entschlossenen Ton an. »Was brauchst du? Was kann ich tun?«

»Kannst du bitte alle meine Termine für die nächsten Tage verschieben? Ich werde erstmal nicht zurück ins Büro kommen.«

»Kein Problem. Das mache ich sofort.« Sunny zögerte kurz, bevor sie weitersprach. »Erik, was hast du vor?« Er blickte aus dem Autofenster in die Dunkelheit. »Ich kann nicht einfach hier sitzen und darauf warten, dass etwas passiert. Es ist mein verdammter Job, Menschen zu helfen, Sunny – Menschen wie Dustin. Wenn ihm etwas zugestoßen ist, dann… dann muss ich ihn finden.«

»Das klingt, als würdest du ganz allein auf eine Mission gehen«, bemerkte sie leise. »Aber Erik, das hier ist gefährlich. Du hast keine Unterstützung mehr, kein Team, keine Marke, die dich schützt.«

»Das ist mir klar«, sagte Erik ruhig, aber mit festem Ton. »Aber auch ohne Marke, Sunny, werde ich alles daransetzen, ihn zu fin-

den. Das bin ich ihm schuldig… das bin ich mir selbst schuldig.«
Am anderen Ende der Leitung herrschte einen Moment lang
Schweigen, dann sprach Sunny leise: »Erik… pass bitte auf dich
auf. Und melde dich, sobald du etwas weißt, versprich mir das.«

»Ich verspreche es«, antwortete Erik, seine Stimme fester als zuvor. »Danke, Sunny. Ich weiß, ich kann auf dich zählen.«

»Immer, Erik. Geh und bring ihn zurück. Und vergiss nicht – du
bist nicht allein.« Erik nickte, obwohl sie es nicht sehen konnte.
»Danke, Sunny. Das bedeutet mir mehr, als du weißt.« Dann legte
er auf, das Handy noch einen Moment in der Hand haltend, bevor
er sich wieder auf die Straße konzentrierte.

Kapitel 17
Kalt

Dustin fröstelte es. Das erst, was er wahrnahm, als er langsam zu sich kam, war die Kälte des Untergrunds, auf dem er lag. Er bewegte seine Finger langsam und konnte die Struktur von trockenem Stroh ertasten. *Wo bin ich?* Sein Kopf dröhnte und seine Kniee durchzogen ein stechender Schmerz. *WO BIN ICH?* Nur sehr langsam gelangte er wieder zu Bewusstsein. Er richtete sich langsam auf und bemerkte erst dabei, die schwere Metallfessel um seinen Hals. Eine Eisenkette war daran befestigt. Sie ragte zu einer Halterung an einem Holzbalken, der sich außerhalb des Käfigs befand. EIN KÄFIG! Dustin fasste das kalte Gitter an, was sich um ihn herum befand.

Oh mein Gott – wo bin ich hier? Hilfe!

Dustin sog scharf die Luft ein. Panik stieg in ihm auf, als er an den kalten Eisenstangen rüttelte, die sein Gefängnis bildeten. Sein Kopf dröhnte, sein Mund war trocken und die Frage, wo er war und wie er hierhergekommen war, pochte in seinem Verstand wie ein Hammerschlag. Verzweifelt ließ er die Hände sinken und versuchte, sich auf das zu konzentrieren, was um ihn herum lag.

Langsam begannen seine Augen, sich an die Dunkelheit zu gewöhnen. Er sah Schatten, Schemen – dann, nach einer Weile, erkannte er sie als Käfige, verteilt in dem weiten, düsteren Raum. Einige waren leer, aber in der Ferne schien sich etwas auf dem Boden eines Käfigs zu regen. War das … ein Tier? Es bewegte sich kaum, war wie ein dunkler Fleck im Schatten. »Hey! Hilfe!« rief Dustin, seine Stimme brüchig und schwach. »Wo bin ich hier?«

Die Gestalt regte sich. Ein leises Stöhnen. Das Herz klopfte ihm bis zum Hals, als das Wesen sich langsam zu ihm drehte. Und dann, im schwindenden Licht, sah er es – ein Gesicht, das ihn aus leeren, leblosen Augen anstarrte. Das Gesicht war verformt, geschwollen, blutunterlaufen und doch erkannte Dustin es sofort.

»Oh mein Gott …« Ein kalter Schauer kroch ihm den Rücken hinab. Es war Toby McMiller, der Junge, der vor Wochen verschwunden war. Alle hatten ihn längst aufgegeben, geglaubt, er sei tot oder noch schlimmer. Doch hier lag er, eingesperrt, verstümmelt, kaum noch zu erkennen als Mensch. »Toby?« flüsterte Dustin und seine Stimme zitterte, während er den Namen kaum über die Lippen brachte. Toby starrte nur stumm zurück, die Augen trüb und leblos. Die Worte, die Dustin sagen wollte, blieben ihm im Hals stecken. Pure Panik überfiel ihn.

Kapitel 18

Immer ein Bulle

Erik hatte in dieser Nacht kaum geschlafen. Unruhig hatte er sich hin und her gewälzt, während er in der Dunkelheit den vertrauten Duft von Dustin förmlich riechen konnte. Der Geruch schien überall zu sein – in den Kissen, der Decke, sogar in der Luft. Als ob Dustin nie wirklich gegangen wäre. Doch die Leere, die er hinterlassen hatte, war unerträglich. Schließlich saß Erik kraftlos auf der Bettkante, die Schultern nach vorne gesackt. Seine Hände stützten sich auf die Matratze, während sein Blick auf seine nackten Füße fiel, die leicht über den warmen Holzboden pendelten. Ein tiefer Schmerz durchzog ihn.

Bilder von Dustin stürmten auf ihn ein: wenn sie gemeinsam rumalberten, die endlosen Nächte, in denen sie sich Geschichten aus der Vergangenheit erzählten, die Küsse, die immer ein bisschen nach Kaffee und Geheimnissen geschmeckt hatten. Er schleppte sich ins Badezimmer, ließ die Boxershorts achtlos auf den Boden fallen und stellte sich unter die Dusche. Das warme Wasser prasselte auf sein Gesicht und für einen Moment erlaubte er sich, einfach nur zu stehen. Die Hitze brannte die Kälte aus seinen Gliedern, doch der Schmerz in seiner Brust blieb. Er schloss die Augen und atmete tief ein, dann langsam aus, während er versuchte, seine Gedanken zu ordnen.

Mit einer Hand wischte er über den beschlagenen Badezimmerspiegel. Das Gesicht, das ihm entgegensah, war ihm kaum vertraut.

Müde. Ausgelaugt. Gebrochen. Die Entscheidung, die er längst getroffen hatte, flackerte in seinen Gedanken wie ein warnendes Signal. Er dachte zurück an seinen letzten Tag bei der Polizei. Der Moment, in dem er seine Dienstmarke auf den Tisch gelegt hatte, hatte ihn verändert. Damals schwor er sich, nie wieder zurückzukehren. Doch dieser Schwur war nichts mehr wert. Die Vorstellung, Dustin nicht retten zu können, fraß ihn auf. Wenige Minuten später saß Erik in seinem Truck, die Zündung brummte leise und die Scheinwerfer schnitten durch die Dunkelheit. Er fuhr durch Manderfield, vorbei an Cafés, in denen Menschen lachten und redeten, als gäbe es keine Sorgen auf der Welt. Erik fühlte sich wie ein Fremder. All das Leben um ihn herum wirkte wie eine Kulisse, die mit seinem eigenen zerbrochenen Inneren nichts mehr zu tun hatte.

Als er vor der Polizeistation in Cedar Creek hielt, zögerte er kurz, bevor er ausstieg. Die Tür war schwerer, als sie es früher gewesen war – oder vielleicht fühlte es sich nur so an. Der vertraute Geruch von Papier und der Klang klickender Tastaturen empfingen ihn wie alte Bekannte, die er längst hatte hinter sich lassen wollen.

Er ging tiefer ins Gebäude, sein Herz raste. Bekannte Gesichter wandten sich überrascht zu ihm und er nickte einigen knapp zu. Fast alle hier waren Kollegen gewesen, Freunde sogar. Jetzt war er ein Außenseiter. Ein ehemaliger Polizist, der vor Jahren das Handtuch geworfen hatte. Maurice Richardson, ein kleiner, untersetzter Beamter, musterte ihn neugierig. »Officer Davis… äh, Ex-Officer Davis. Was verschafft uns die Ehre?«

»Ich suche Ronda. Weißt du, wo sie ist?« Maurice deutete mit einem kurzen Nicken auf ein Büro am Ende des Raumes. »Dort drüben.« Erik klopfte leise an die halb geöffnete Tür und trat ein. Ronda saß über einen Stapel Akten gebeugt, ein Stift zwischen ihren Fingern. Sie fuhr erschrocken hoch, als sie ihn sah. »Erik! Was machst du hier?« Er zuckte mit den Schultern, als wolle er die Bedeutung seiner Anwesenheit herunterspielen.

»Ich wollte sehen, wie es dir geht. Du warst schon lange nicht mehr im Motorradladen.«

Ronda zog die Augenbrauen zusammen, sichtlich skeptisch. »Ich bin im Moment ziemlich eingespannt. Zwei Vermisstenfälle. Es ist der Wahnsinn hier.« Eriks Magen zog sich zusammen. »Zwei?« Seine Stimme war leise, beinahe brüchig. »Toby McNeal und… Dustin?« Rondas Blick war eindringlich, fast forschend.

»Erik, was ist los? Ein Ex-Cop taucht nicht einfach so auf, nur um Hallo zu sagen und dann so viele Fragen zu stellen.« Erik zögerte. »Einer der Jungs war ein Kunde von mir. Ein guter Kerl. Ich wollte nur helfen, falls ihr Unterstützung braucht.« Noch bevor Ronda antworten konnte, erschien Polizeichef Stevenson im Türrahmen. »Davis? Ist alles in Ordnung?« Seine Miene war misstrauisch. »Alles gut. Ich wollte Ronda nur sagen, dass ihr Motorrad wieder fahrbereit ist.« Erik rang sich ein Lächeln ab. Stevenson verzog keine Miene. »Ronda hat gar kein Motorrad.«

Ronda lachte trocken. »Vielleicht wird es Zeit, dass ich mir eines zulege.« Als Erik die Station verließ, hörte er Schritte hinter sich. »Erik! Warte!« Er drehte sich um und sein Herz machte einen unkontrollierten Satz. »Ronda?« Sie kam näher, sprach leise. »Ich darf dir das eigentlich nicht sagen, aber… Toby wurde das letzte Mal gesehen, als er zum Schwimmtraining ging. Von Dustin fehlt jede Spur, seit er die Bar verlassen hat. Wir haben Handyortung, Kameras – nichts. Es ist, als wären sie vom Erdboden verschluckt.« Erik nickte langsam, die Worte hallten in ihm nach. »Danke, Ronda. Ohne dich…«

»Schon gut«, unterbrach sie ihn. »Aber Erik, unter uns: Stevenson hat keinen Plan. Ich spüre, dass hier etwas Größeres im Gange ist. Vertrau deinem Instinkt, okay?« Als Erik in seinen Truck stieg, griff er instinktiv nach dem Lederarmband, das Dustin ihm einmal geschenkt hatte. Rondas Worte nagten an ihm, aber tief in seinem Inneren wusste er, dass sie recht hatte. Es war an der Zeit, wieder ein Cop zu sein – zumindest für Dustin.

Kapitel 19
Lauf!

»Toby!… Toby!« flüsterte Dustin, seine Stimme ein zitterndes Flehen, kaum hörbar in der stickigen Dunkelheit. Langsam öffnete Toby die Augen. Sein Körper war übersät von blauen Flecken und Striemen, die Haut schmutzverkrustet und dunkel. Ein schwacher Lichtstrahl fiel auf sein eingefallenes Gesicht.

»Toby, komm zu dir!« Dustin klang jetzt dringlicher. »Vorhin hab' ich Motorengeräusche gehört… und seit einer Weile knarzt nichts mehr über uns. Er muss weg sein!«

Mit letzter Kraft stemmte Toby sich hoch, keuchend wie ein alter Mann. Wie lange saßen sie hier schon fest, eingesperrt in diesem verfluchten Keller?

»Dustin… es bringt doch nichts… wir kommen hier nie raus…«

Dustin setzte sich auf, die Kette um seinen Hals rasselte laut in der bedrückenden Stille.

»Hör zu! Ich habe den Käfig abgetastet… oben sind Schrauben! Ich krieg' sie nicht gelöst, aber vielleicht schaffst du es.« Ungläubig starrte Toby auf die Oberkante des metallenen Käfigs. Tatsächlich, dort schimmerten kleine Schraubenenden im Halbdunkel. Er kniete sich hin, schob die Finger durch das kalte Drahtgeflecht und suchte die erste Mutter. Konzentriert rieb er mit den Fingerspitzen über das Metall… »Oh mein Gott… ich glaube, sie bewegt sich!« Seine Finger wurden schneller, hektischer. Nach einer endlosen Minute fiel die erste Mutter scheppernd auf den dunklen Erdboden. »Toby!« Dustin hielt die Luft an, sein Herz pochte bis zum Hals. »Wir kommen hier raus!« Toby drehte Schraube um Schraube, seine Bewegungen wurden gehetzt und fiebrig. Endlich löste sich das vordere Gitter und gab einen schmalen Spalt frei. Doch die Kette um Tobys Hals hielt ihn zurück. Dustin deutete hektisch darauf.

»Die Kette, Toby!«

Toby kroch aus dem Käfig, sprang zum Balken und rüttelte daran, bis die Kette sich löste.

Freiheit! Ohne einen Moment zu verschwenden, eilte er zu Dustins Käfig, gemeinsam suchten sie fieberhaft nach den Muttern, die Dustin befreien könnten.

Plötzlich ertönte ein leises Brummen, das durch die kleinen Kellerfenster sickerte. Toby erstarrte, seine Augen weiteten sich panisch.

»Er… er kommt zurück…«

Die Worte blieben ihm im Hals stecken, sein ganzer Körper begann zu zittern.

»Toby!« Dustin drückte sich an den Käfig, seine Augen brannten vor Verzweiflung. »Hör mir zu. Du musst fliehen! Lauf, Toby und hol Hilfe!«

Für einen winzigen Moment blitzte ein Funken Hoffnung in Tobys gequältem Blick auf. Mechanisch nickte er und wandte sich zur Flucht. Im Scheinwerferlicht des herannahenden Trucks sah man Tobys nackte Silhouette für einen kurzen Augenblick im Wald verschwinden. Adrenalin durchströmte seinen Körper, seine Schritte wurden schneller, die Panik verlieh ihm eine ungeahnte Kraft. Die Äste kratzten an seiner Haut, rissen an ihm, doch er ignorierte den Schmerz, fixierte seinen Blick auf die dunklen Silhouetten der Bäume, die sich wie ein undurchdringliches Labyrinth vor ihm auftaten. Er hörte das Wüten des Motors hinter sich verstummen. Ein klares Zeichen, dass sein Peiniger den Wagen verlassen hatte. Toby beschleunigte, seine Lungen brannten, seine Beine wurden schwer, aber er rannte weiter. Jeder Schritt ein Ringen mit der Erschöpfung, jeder Atemzug ein Sieg über die Angst. Er wagte einen flüchtigen Blick zurück – nichts. Vielleicht, nur vielleicht, hatte er eine Chance. Der Wald wurde dichter, die Stille um ihn herum bedrohlicher. Er stolperte über eine Wurzel, fiel nach vorne, schlug hart auf, doch die Angst ließ ihn sofort wieder auf die Beine kommen. Die Dunkelheit schien ihn zu verschlucken, aber in der Ferne glitzerte etwas. Ein Hoffnungsfunke – die Straße! Wenn er es bis dorthin schaffte, könnte er Hilfe holen. Der Gedanke gab ihm neue Kraft. Er rannte, spürte die Nähe der Freiheit wie ein Versprechen, das zum Greifen nah war. Doch plötzlich durchbrach das Rauschen von Schritten die Stille. Das Licht einer Taschenlampe flackerte hinter ihm auf, suchte die Schatten ab, kam näher. Tobys Herzschlag dröhnte in seinen Ohren, als er sich hastig duckte und hinter einem dichten Gebüsch verharrte. Der Atem seines Verfolgers war zu hören, schwer und bedrohlich, wie ein Raubtier, das seine Beute wittert.

Toby presste die Hand auf seinen Mund, kämpfte gegen die Panik, die in ihm aufstieg. Die Lichtstrahlen schwenkten suchend über den Boden, der Abstand zwischen ihm und seinem Peiniger schwand. Doch dann, ein Windstoß, ein raschelndes Blatt – der Peiniger wandte sich um, scheinbar irritiert von einem falschen Hinweis. Das gab Toby den Moment, den er brauchte. Vorsichtig richtete er sich auf und bewegte sich seitwärts, immer tiefer in den Wald hinein. Seine Beine waren am Ende, aber die Straße war nah. Toby hörte das Summen von gelegentlichem Verkehr, sah das schwache Schimmern von Scheinwerfern in der Ferne. Die Freiheit lag nur noch wenige Schritte entfernt. Er legte alles in die letzten Meter, ein verzweifelter Sprint, ein letzter Ausbruch in Richtung Leben. Doch dann traf ihn etwas Schweres am Hinterkopf. Der

Wald verschwamm um ihn, die Bäume verzerrten sich und er fiel. Das Letzte, was er sah, bevor die Dunkelheit ihn erneut umfing, war das kalte, höhnische Lächeln seines Peinigers, der langsam aus dem Schatten hervortrat. Als Toby die Augen aufschlug, war alles verkehrt herum. Sein Kopf dröhnte, das Blut rauschte in seinen Ohren. Er brauchte einen Moment, um zu begreifen, dass er kopfüber an einem Balken hing, die Beine fest verschnürt. Sein Blick war verschwommen, doch er erkannte eine Bewegung – etwas Glänzendes, das blitzschnell auf ihn zuschoss.

Eine Klinge.

Bevor er reagieren konnte, fuhr ein brennender Schmerz durch seinen Hals. Es war so scharf, dass er die Wunde erst spürte, als das Blut bereits floss. Warm und unaufhaltsam rann es seine Kehle hinab, lief über sein Gesicht, tropfte schwer und stetig in ein Gefäß direkt unter ihm. Der metallische Geschmack breitete sich in seinem Mund aus und sein Atem ging flach, keuchend. Toby versuchte sich zu bewegen, zu schreien, irgendetwas zu tun, aber die Seile schnitten sich unerbittlich in seine Haut. Er blickte geradewegs in die Dustins mit Panik gefüllte Augen.

»Wie eine Frucht«, murmelte der Peiniger leise, seine Finger noch blutig, »lange genug gehalten, bis sie reif ist.«.

Kapitel 20

Der Cop

Erik hatte seinen ersten Hinweis erhalten: Toby. Wenn er Tobys Spur folgen konnte, dann vielleicht auch die von Dustin. Toby war leidenschaftlicher Schwimmer, die Stadt hätte in ihm den nächsten Michael Phelps oder Meerjungmann sehen können. Er verbrachte jede freie Minute im Schwimmbad – üben, perfektionieren, gewinnen. Doch ausgerechnet hier, in seinem Element, war er zuletzt gesehen worden, bevor er spurlos verschwand. Erik fuhr zur Schwimmhalle und beobachtete aus dem Auto die Menschenmenge, die in Badeanzügen ein- und ausströmte. Er folgte ihnen in das Gebäude. Das Innere war beeindruckend groß, wie eine gigantische Schneekugel, die das Treiben beherbergte. Vier Becken füllten die Halle: ein Kinderbecken, ein Jugendbecken, ein Freizeit- und ein Sportbecken. Das Sportbecken war dem Profibereich vorbehalten, ohne flachen Rand, wie es der strenge Trainer Mr. Miller vorschrieb – »Ein echter Schwimmer braucht keine seichten Gewässer.« Erik ließ seinen Blick schweifen, suchte nach Mr. Miller. Doch der Trainer war nirgendwo zu sehen. Stattdessen saß Erik auf einer Bank und ließ das bunte Treiben auf sich wirken. Im Kinderbereich lachten und spritzten Kinder unter der Aufsicht ihrer Eltern und eines Rettungsschwimmers. Die Jugendlichen im Freizeitbecken tobten wilder, tauchten ab wie Fische auf der Suche nach Nemo oder inszenierten ihre eigenen »Aquaman«-Abenteuer. Eine Szene voller Leben und Lachen, doch Erik hatte nur ein Ziel: Antworten. Schließlich entdeckte er Mr. Miller, der sich mit einer Gruppe von Eltern unterhielt. Der Trainer, nass und von Chlor durchdrungen, kam zu

Erik herüber. »Hallo? Kennen wir uns?«

»Erik Davis«, stellte sich Erik knapp vor und log: »Ich bin ein Freund von Toby Hanson.«

»Ach, Toby.« Miller wirkte gleichgültig. »Wie kann ich Ihnen helfen?«

»Toby ist verschwunden«, antwortete Erik kühl.

»Und Sie waren die letzte Person, die ihn lebend gesehen hat.«

»Ja, wir haben trainiert und uns verabschiedet. Mehr nicht. Ich habe der Polizei schon alle Fragen beantwortet. Und Sie? Was geht Sie das überhaupt an? Jungs in seinem Alter rennen oft davon, mal hierhin, mal dorthin. Vielleicht wollte er nur weg.«

»Seltsam, dass Sie als sein Trainer nicht mehr Interesse zeigen.«

»Ach, ich habe genug um die Ohren. Toby wird schon zurückkommen.« Miller lächelte, als er zu einer Gruppe junger Schwimmer ging, die auf ihn warteten. »Der Junge findet seinen Weg.«

Erik blieb nachdenklich zurück. Irgendetwas an Millers Nonchalance störte ihn, aber es fehlten ihm Beweise.

Erik beschloss, seinen nächsten Kontakt aufzusuchen – den Inhaber des Baumarkts, in dem Dustin arbeitete.

»Mister Matthew! Lange nicht gesehen«, begrüßte er den älteren Mann mit einem angedeuteten Lächeln. »Ich hoffe, Sie können mir helfen.«

»Erik! Was für eine Überraschung«, erwiderte Matthew und schüttelte ihm die Hand. »Worum geht's?«

»Dustin ist seit Tagen verschwunden«, begann Erik zögerlich. »Haben Sie vielleicht etwas Ungewöhnliches bemerkt? Irgendwas, das mir weiterhelfen könnte?« Matthew runzelte nachdenklich die Stirn und kratzte sich am Kinn. »Er war vor drei Tagen hier. Hat erzählt, dass er später zu einem Freund wollte, um zu feiern. Das war das Letzte, was ich von ihm gehört habe.« Erik stellte ihm noch ein paar weitere Fragen, doch Matthews Antworten brachten keine neuen Hinweise. Enttäuscht wollte Erik sich schon verabschieden, als plötzlich Polizeichef Stevenson den Laden betrat. Erik erkannte sofort die Gelegenheit und trat auf ihn zu.

»Stevenson«, sagte er beiläufig.

»Gibt es schon Neuigkeiten im Fall Toby Hanson?«

Stevenson warf ihm einen abfälligen Blick zu. »Erik«, begann er scharf, »wieso interessiert Sie das überhaupt? Sie sind doch schon längst kein Polizist mehr.«

Während er sprach, musterte Stevenson scheinbar gelangweilt die Putzmittel im Regal. Nach einer kurzen Pause, die länger dauerte, als Erik lieb war, fügte er hinzu: »Aber ja, wir haben ihn gefunden…« Er machte eine bedeutungsschwere Pause und setzte dann hinzu, »…allerdings nicht in einem Stück.«

Ein breites, fast unheimlich ruhiges Grinsen legte sich auf Stevensons Gesicht, als er weiter die Regale inspizierte. Erik spürte, wie ihm das Blut in den Adern kochte. Die Kälte in Stevensons Stimme und die gleichgültige Art, wie er über Toby sprach, waren eine Provokation, die Erik beinahe aus der Fassung brachte. Am liebsten hätte er ihm eine reingehauen, einfach, um zu zeigen, wie sehr ihn diese Arroganz anwiderte. Doch er atmete tief durch, unterdrückte den Drang und zwang sich zur Ruhe.

»Wie meinen Sie das???« fragte Erik, die Stimme kaum beherrscht.

»Aha! Genau das, was ich gesucht habe.« Der Polizist griff nach einem Putzmittelcontainer. »In einem Waldstück. Nahe beim Harris Lake. Der Leichnam war frisch, höchstens 24 Stunden alt.«

Er lachte, als wäre es ein makabrer Scherz. »Spurensicherung ist schon vor Ort. Vielleicht finden wir den Mörder, vielleicht auch nicht. Aber immerhin haben wir die Leiche, oder?« Ohne Erik noch eines weiteren Blickes zu würdigen, ging er zur Kasse, bezahlte und verließ den Laden. »Man sieht sich, Erik«, rief er zurück. Eriks Herzschlag dröhnte mittlerweile laut in seinen Ohren. Alles in ihm schien plötzlich in einen rasenden Stillstand zu verfallen. Harris Lake… dort hatte er mit Dustin den ersten gemeinsamen Ausflug gemacht. Erinnerungen durchfluteten ihn. Er schluckte hart, um den Kloß in seinem Hals loszuwerden, doch das Gefühl blieb. Das war nicht mehr der Erik, der er mal war; das hier war jemand, der anscheinend wieder etwas verloren hatte, was ihm so sehr am Herzen lag.

»Mr. Davis? …Mr. Davis!«

Die Stimme holte ihn zurück ins Hier und Jetzt. »Alles in Ordnung bei Ihnen?« fragte Ladenbesitzer verwundert.

»Nein«, murmelte Erik und verließ den Laden ohne einen Blick zurück. Er sprang in sein Auto, vergrub das Gesicht in den Händen und ließ die Wut endlich heraus. Ein Schrei, roh und voller Schmerz, dröhnte durch den Wagen. Die Menschen auf dem Parkplatz blickten neugierig herüber, doch das kümmerte ihn nicht. Als er sich einigermaßen gefasst hatte, griff er nach seinem Handy und wählte eine Nummer. Es piepste, dann hob jemand ab.

»Hallo, Erik«, drang eine schläfrige Stimme aus dem Hörer.

»Verdammt nochmal, Ronda! Was ist da los?« rief Erik wütend.

Ronda klang überrascht: »Erik, was ist denn passiert?«

»Der Junge, die Leiche… Warum hast du mir nichts davon erzählt?«

Ronda seufzte leise, als ob sie sich selbst erklären wollte. »Scheiße, Erik. Woher weißt du das?«

»Dein Chef hat mich im Baumarkt erwischt und wie du weißt, ist der nicht gerade verschwiegen.«

»Oh, verdammt«, murmelte Ronda. »Dieser Typ kann wirklich nichts für sich behalten...«

»Ja, das habe ich auch gemerkt.« Erik's Tonfall wurde kalt.

Ronda zögerte kurz, bevor sie fortfuhr. »Ein Angler hat heute Morgen die Leiche am Harris Lake gefunden. Es ist schrecklich, Erik. Der Körper war… verstümmelt. Seine Beine und Arme waren voller Wunden, als hätte er sich durch dichtes Gebüsch gekämpft. Unter den Fingernägeln war Erde und am Hals… Spuren einer Fessel.«

Erik starrte vor sich hin, seine Gedanken kreisten um die Details. Ein Puzzleteil nach dem anderen setzte sich in seinem Kopf zusammen.

»Warte«, murmelte er nachdenklich, »Striemen am Hals… als wäre es Metall gewesen… So etwas bekommt man nicht einfach überall. Es sei denn…«

Ronda hielt die Luft an. »Es sei denn, was?«

»...es sei denn, man hat Zugang zu einem Viehbetrieb. Oder einer Farm.«

»Erik, sei realistisch. Hier gibt es unzählige Farmen…«

Erik hörte gar nicht mehr zu. Er ließ das Telefon achtlos sinken, trat das Gaspedal durch und raste nach Hause.

Kaum hatte er die Tür hinter sich ins Schloss geworfen, ging er schnellen Schrittes ins Gästezimmer. Dort kniete er sich neben das Bett, griff mit geübten Händen unter die Kante des Holzrahmens und löste eine unscheinbare Bodenleiste. Ein leises Klicken, dann öffnete sich der verborgene Safe. Der Revolver lag genau dort, wo er ihn zurückgelassen hatte. In der Schatulle konserviert. Er hob ihn heraus, hielt ihn vor sich. Schwer. Kalt. Vertraut. Seine Finger schlossen sich um den Griff und mit dem Gewicht kamen auch die Erinnerungen zurück, die er so lange ignoriert hatte – still, hartnäckig, jetzt unübersehbar.

Kapitel 21
Gefangen

Dustin wurde wie ein wildes Tier aus seinem Käfig gezerrt, seine Wunden pochten bei jeder Bewegung und er fühlte sich, als würde sein Körper auseinanderbrechen. Sein gebrochenes Bein konnte ihn kaum tragen und jeder Atemzug war ein stechender Schmerz in seinen gequetschten Rippen. Sein Peiniger – eine schattenhafte Gestalt, deren Gesicht er in all den Wochen kaum klar erkannt hatte – hielt ihn fest und zog an der Leine, die stramm um seine Handgelenke geschlungen war. Die Treppen nach oben schienen endlos, jeder Schritt schien ihn tiefer in die Dunkelheit zu ziehen.

Oben angekommen, wurde Dustin in einen Raum gestoßen, der sich wie der verzerrte Spiegel einer kaputten Seele anfühlte. Überall an den Wänden hingen Bilder, Zeitungsausschnitte und Notizen – Verschwörungstheorien, Skizzen von unmöglichen Maschinen, Namen und Zahlen, die keinen Sinn ergaben. Es war der Wahnsinn in seiner rohesten Form, festgehalten und dokumentiert. Und plötzlich blieb sein Blick an einem vertrauten Gesicht hängen.

»Toby?« Erschrocken wich Dustin zurück, seine Lippen bebten und er stammelte: »Was? Warum?« Doch die Antwort blieb ihm verwehrt. Stattdessen breitete sich ein grausames Lächeln auf dem Gesicht seines Peinigers aus.

»Warum?« wiederholte die Gestalt mit einem kalten, amüsierten Tonfall. »Weil ich es kann, Dustin. Und weil du es wert bist, dass ich mir die Zeit nehme, herauszufinden, wie weit ich gehen kann.«

Dustin schluckte, seine Kehle war wie zugeschnürt, doch er zwang sich zu sprechen. »Du bist… krank«, flüsterte er mit einem letzten

Rest von Widerstand. Der Peiniger beugte sich zu ihm hinab, seine Augen leuchteten vor sadistischer Freude. »Vielleicht. Aber Schmerz und Angst sind die ehrlichsten Reaktionen, die ein Mensch zeigen kann. Hast du jemals darüber nachgedacht, was Schmerz wirklich bedeutet, Dustin?«

Er wurde auf einen Stuhl gedrückt, seine Arme wurden festgeschnallt und die nächste Welle der Folter begann. Schläge prasselten auf ihn herab, Klingen zogen brennende Linien auf seiner Haut und dann der bittere Schmerz der Elektroschocks. Ein Pulsmessgerät an seinem Finger zeichnete unermüdlich jede Reaktion auf, jeden unkontrollierbaren Herzschlag, jede zitternde Bewegung seines Körpers. Der Peiniger hielt das Gerät direkt vor Dustins Gesicht und grinste.

»Siehst du, wie dein Körper reagiert? Dein Herz kann die Wahrheit nicht verstecken, Dustin. Du bist genauso lebendig wie jeder andere.«

Dustin rang nach Luft, sein Blick verschwamm, doch er biss die Zähne zusammen. »Ich werde dir niemals geben, was du willst«, flüsterte er schwach, aber entschlossen. »Oh, aber du hast mir schon mehr gegeben, als du ahnst«, flüsterte der Peiniger, die Worte sickerten in Dustins Gehör wie Gift. »Blut ist mehr als nur eine Flüssigkeit, Dustin. Es ist… Essenz.« Dustin spürte den stechenden Schmerz der Nadel, als ihm Blut entnommen wurde. Ampulle um Ampulle füllte sich mit seiner Lebensenergie und mit jedem Tropfen entglitten ihm die Sinne ein wenig mehr. Er fühlte, wie die Dunkelheit sich um ihn legte, ihn fast schon wie eine tröstende Umarmung umhüllte. Der Peiniger sprach leise in sein Ohr, fast sanft: »Wirst du sterben, Dustin? Oder bist du stark genug, das zu überstehen?«

In einem letzten Anflug von Mut hob Dustin seinen Kopf und funkelte den Peiniger an. »Ich werde überleben«, keuchte er, seine Stimme ein Flüstern, das von seinem Willen zeugte. »Und wenn ich hier rauskomme… werde ich dich finden.«

Der Peiniger lachte, kalt und leise. »Finden? Ich bin derjenige, der alles über dich weiß, Dustin. Und nun… zurück in deinen Käfig.«

Halb bewusstlos wurde Dustin die Treppe hinuntergezerrt und zurück in den Keller geworfen. Die Kälte der Käfigstangen drang durch seine Kleidung, als er zusammensackte. Die Worte seines Peinigers hallten in seinem Kopf wider, ihre Boshaftigkeit verankerte sich in seinem Geist wie ein giftiger Stachel.

Kaum hatte die Kellertür sich mit einem dumpfen Knarren geschlossen, hörte Dustin Stimmen von oben. Eine weitere Männerstimme – oder war es doch nur eine Halluzination?

»*Was hast du getan?*« fragte er scharf, seine Stimme klang alarmiert und wütend. Die Antwort war dumpf, aber fast euphorisch: »Einen halben Liter. Ich habe es getestet… Es ist perfekt.«

Die Stimmen vermischten sich in Dustins Bewusstsein, verzerrten sich zu einem Wirrwarr aus Fragen und Anschuldigungen. War das alles echt? Oder spielte ihm sein von Schmerz und Verzweiflung gequälter Verstand einen weiteren grausamen Streich? Wieder die andere Männerstimme: *Wen hast du da unten versteckt?* Er spürte, wie seine Sinne zu verschwimmen begannen. Vor seinem inneren Auge tauchten verschwommene Bilder auf – ein Tisch, auf dem ein dunkelgrünes Notizbuch lag, beklebt mit bunten Stickern, die so fehl am Platz wirkten in diesem Raum des Schreckens. Ein letztes, brennendes Bild brannte sich in sein Bewusstsein ein, bevor er das Bewusstsein verlor: Sein Peiniger mit der schwarzen Maske, der auf einmal vor ihm stand, sich über zwei Finger leckte, genüsslich wie ein Raubtier, das seine Beute koste. Dann drückte er mit diesen nassen Fingern die Flamme einer Kerze aus, die auf einem alten, staubbedeckten Tisch mitten im Raum brannte und die Dunkelheit verschluckte Dustin endgültig.

Kapitel 22

Mr. Matthews

Erik klammerte sich so fest ans Lenkrad, dass seine Knöchel weiß hervortraten. Sein Blick war starr nach vorn gerichtet, aber er sah kaum etwas – weder die Ampeln noch die Silhouetten der Passanten am Straßenrand. Sein Kopf war ein chaotisches Durcheinander aus Stimmen, Erinnerungen und Befürchtungen, die sich wie ein grelles Stakkato überlagerten. *Dustin ist in Lebensgefahr.*
Verzweiflung wechselte sich mit einer Wut ab, die heiß durch seine Adern jagte. Plötzlich ergab alles einen Sinn, er hatte es im Gespür! Dieser Mistkerl Matthews – dieser scheinbar harmlose alte Knacker, der immer mit freundlichem Lächeln und gemütlicher Stimme sprach, als wäre er bloß der nette Nachbar von nebenan. Schon bei der ersten Begegnung mit ihm hatte Erik dieses Gefühl, tief in seinem Bauch, ein instinktives Wissen, das ihm geflüstert hatte, dass hinter der freundlichen Fassade etwas lauerte. Jetzt konnte er dieses Gefühl nicht mehr ignorieren. „Verdammt, Dustin...", murmelte Erik und schlug mit der flachen Hand aufs Lenkrad. Was, wenn er zu spät kam? Was, wenn dieser sadistische Mistkerl Dustin bereits... nein! Erik schnaubte verächtlich bei der Vorstellung, dass dieser scheinbar harmlose alte Mann ein Sadist sein könnte, aber tief in sich spürte er, dass es die Wahrheit sein musste. Kalte, bittere Logik. Das Ganze war keine spontane Entscheidung gewesen – Matthews hatte Dustin beobachtet, hatte seine Unsicherheiten analysiert und sie gegen ihn eingesetzt. Er drückte wie besessen aufs Gaspedal. Mit quietschenden Reifen brachte Erik den Wagen auf dem Parkplatz des Baumarktes zum Stehen. Es war bereits das zweite Mal an die-

sem Tag, dass er hier war. Ohne Zeit zu verlieren, sprang er aus dem Auto, die Augen scharf auf sein Ziel gerichtet. Im Baumarkt ließ er seinen Blick durch die Reihen der Regale schweifen, suchte eilig die Umgebung ab. Doch von Mr. Matthews war weit und breit nichts zu sehen. Stattdessen trat ein junger Mitarbeiter aus dem Hinterraum, scheinbar vertieft in seine Arbeit, ohne Erik zu bemerken. Mit entschlossener Miene zog Erik seinen Revolver, hielt die Waffe fest umklammert und marschierte direkt auf den Mitarbeiter zu. Der junge Mann hob überrascht den Kopf und starrte mit weit aufgerissenen Augen auf die Waffe, die auf ihn gerichtet war. Einen Moment lang rang er nach Worten, bevor er schließlich stotternd hervorbrachte: »Äh… das hier ist kein Waffenladen… nur Schrauben und Nägel, keine Kugeln…« Erik hielt inne, den Blick immer noch eisig und unverwandt auf den Mitarbeiter gerichtet. Er wusste, dass die Uhr gegen ihn tickte – Dustin konnte nicht mehr lange warten. Erik beugte sich näher. »Wo ist dein Chef, Mr. Matthews?«

Der Mitarbeiter stammelte nervös: »Er… er ist vor ein paar Minuten gegangen, musste nach Hause, um etwas zu holen.«

»Seine Adresse?«, fragte Erik, seine Stimme gefährlich leise. Der Mitarbeiter schluckte und zögerte. »Ähm… normalerweise dürfen wir die Adresse nicht einfach weitergeben…« Mit einem schnellen Handgriff packte Erik den jungen Mann am Kragen, hob ihn mühelos hoch und drückte ihn gegen die Wand. Der Mitarbeiter japste, während Erik ihn mit einem eiskalten Blick fixierte. »Ich sagte: seine Adresse.«

»Brimson Street Nummer zwei! Drei Blocks von hier!«, keuchte der junge Mann schließlich, vor Angst schlotternd. Erik ließ ihn los und der Mann sank auf den Boden, keuchend und nach Luft ringend. Im Auto angelangt, startete er den Motor und fuhr zurück auf die Straße, das Ziel klar vor Augen: Brimson Street. Erik parkte den Wagen ein paar Häuserblocks entfernt und überprüfte die Umgebung. Er hatte sich vorgenommen, Mr. Matthews nicht direkt zu konfrontieren, sondern unauffällig einzudringen. Die Straße lag im Schatten, das einzige Geräusch kam von den knarrenden Ästen der alten Bäume im Wind. Vorsichtig stieg er aus, schob die Autotür leise zu und schlich durch die Dunkelheit. Er warf einen Blick auf das Haus: alles ruhig, kein Licht, keine Bewegung. Perfekt. Mit festem Griff um seine Pistole ging er zur Hintertür. Ein paar schnelle, geübte Handbewegungen und das Schloss gab nach. »Ganz ruhig, Erik«, murmelte er zu sich selbst und atmete tief durch. Die Tür öffnete sich mit einem leisen Knarzen und er trat ein. Im Haus war es still, fast unheimlich. Der Geruch abgestandener Luft und verstaubter Möbel ließ ihn innehalten. Erik ging leise durch die dunklen Flure, immer wachsam. »Na, wo versteckst du dich, Matthews?«, flüsterte er in den leeren Raum.

Er war gerade dabei, das Wohnzimmer zu durchsuchen, als er plötzlich etwas Kaltes und Hartes an seinem Nacken spürte.

»Eine falsche Bewegung und du kannst meiner Oma hallo sagen.« Die Stimme hinter ihm war rau und bedrohlich. »Hände hinter den Kopf, jetzt.«

Erik schluckte hart und hob langsam die Hände.

»Ganz ruhig, Matthews. Das ist nicht das, wonach es aussieht.«

»Ach nein?« Mr. Matthews schob das kalte Metall noch fester in seinen Nacken. »Sieht für mich ganz danach aus, als hätte ich einen verdammten Einbrecher in meinem Haus erwischt. Dreh dich um.«

Langsam drehte sich Erik und sah Matthews ins Gesicht, dessen Augen vor Wut funkelten. Der Lauf der Schrotflinte war direkt auf seine Brust gerichtet.

»ERIK DAVIS?? Was zur Hölle machen Sie hier?« fragte Matthews zornig. »Ich hab Ihnen doch gesagt, dass ich nichts weiß über die verschwundenen Jungs. Und trotzdem schleichen Sie hier rum wie ein Verbrecher.« Erik hob beschwichtigend die Hände. »Kommen Sie schon, Matthews! Sie wissen doch mehr, als Sie zugeben! Die Polizei hat Spuren gefunden.« Matthews' Gesichtsausdruck verhärtete sich; eine Mischung aus Verärgerung und genervtem Mitleid lag darin. »Und warum, bitte schön, glauben Sie, dass ich damit was zu tun hab? Ich bin nur ein einfacher Ladenbesitzer. Verkaufe Zeug wie jeder andere.«

»Zeug, das einem kranken Psychopathen dabei helfen könnte, diese jungen Männer zu... misshandeln«, entgegnete Erik und fixierte Matthews mit einem eindringlichen Blick.

»Eine Halsfessel aus Metall, Kettenspuren. Produkte aus Ihrem Laden, Matthews!« Matthews schnaubte verächtlich »Erik, hören Sie zu. Bei mir kann jeder x-beliebige Idiot einkaufen. Das macht mich nicht verantwortlich für all diesen Mist. Aber wenn's Ihnen weiterhilft, können wir uns gerne die Inventarliste anschauen. Einverstanden?« Er deutete auf ein kleines, vollgestopftes Büro, in dem Aktenordner und ein alter Computer dominierten. Matthews ließ sich schwerfällig auf den Stuhl hinter dem Schreibtisch fallen und startete den Computer. »Na gut, dann wollen wir mal sehen«, murmelte er, während er durch die Dateien klickte. »Hier hab ich die Videoaufzeichnungen vom letzten Monat. Ich sag's gleich – ich kann nichts garantieren. Manche zahlen bar.«

Erik beobachtete ihn aufmerksam, sein Gesicht angespannt, während Matthews sich durch die Daten arbeitete. Auf dem Bildschirm erschien das Bild einer staubigen Überwachungskamera. Die ersten Bilder erschienen. Menschen, die reguläre Dinge einkauften. Mütter, die riesen Mengen Hamsterstroh für ihre Haustiere einkauften. Dazwischen immer wieder Dustin, wie er Ware auffüllt oder sich mit Kunden unterhält. Erik sah sich sichtlich mitgenommen die Bilder an. Mr. Matthews sprang von Video zu Video. Ganze Szenen spielten sich in hochgeschwindigkeit auf dem Bildschirm ab. Morgens, Mittags, Abends. Wochentage, Wochenenden. Matthews spulte immer weiter vor und stoppte, als ein Mann mit Mantel und abgenutztem Hut ins Bild trat. Auf dem Video erkannte man, wie er eine Kette, ein Schloss und einige Plastikfolien auf den Tresen lag. Erik starrte gebannt auf den Bildschirm.

»Nichts Auffälliges«, murmelte er, »aber irgendwie verdächtig.«

»Moment mal«, unterbrach Matthews und spulte weiter. »Hier, nochmals der gleiche Typ. Auch ein Mantel, wieder Ketten und Plastiktüten. Aber sein Gesicht…« Der Mann im Bild hielt sich absichtlich abgewandt, jede seiner Bewegungen wirkte vorsichtig kalkuliert.

»Stopp!« rief Erik plötzlich. »Zurück. Fünf Sekunden.«

Matthews gehorchte und Erik beugte sich näher zum Bildschirm, fixierte die Szene. Unter dem Ärmel des langen Mantels blitzte etwas hervor – der Saum einer Sportjacke, blau und weiß, in den Vereinsfarben des örtlichen Schwimmvereins.

»Das hier ist kein Zufall«, sagte Erik ernst und sah Matthews in die Augen. »Schwarze Plastiktüten und Ketten für die Renovierung einer Schwimmhalle oder was?«

Matthews blinzelte und runzelte die Stirn.

»Ich… ich verstehe nicht, was Sie meinen.«

»Doch, das wissen Sie ganz genau.«

Erik richtete sich auf und packte seinen Revolver vom Tisch.

»Danke, Matthews. Das hier wird mir weiterhelfen.«

Ohne ein weiteres Wort stürmte er aus dem Raum und Matthews folgte ihm, die Stirn in Falten gelegt.

»Erik, ich habe keine Ahnung, worauf Sie hinauswollen, aber Sie...« Doch Erik hatte schon die Vordertür erreicht, sprang in seinen Wagen und startete den Motor.

Kapitel 23
Manderfield

Eriks Herz hämmerte wie ein Presslufthammer, während seine Finger fieberhaft nach dem Handy in seiner Tasche suchten. Er musste Ronda Garner erreichen – jetzt sofort. Das Freizeichen dudelte ungerührt in sein Ohr, als ob es die Dringlichkeit seiner Lage nicht begriff. Keine Antwort. Mit einem frustrierten Fluch ließ Erik das Handy auf den Beifahrersitz fallen, riss die Autotür auf und ließ den Motor aufheulen. Die Reifen kreischten auf dem Asphalt, als er losraste. Als er das Schwimmbad erreichte, bremste er abrupt, das Auto stand mit einem quietschenden Ruck. Noch bevor der Motor ganz verstummte, sprang er aus dem Wagen, die Wut wie ein Sturm in seinen Adern. Er stürmte durch den Eingang, der kühle Chlorgeruch schlug ihm entgegen, doch er achtete nicht darauf. Eine junge Frau im Traineranzug tauchte vor ihm auf, überrascht von seiner plötzlichen Präsenz.

»Wo ist Joe?« seine Stimme ein scharfer Befehl.

Die Frau blinzelte, ihre Verwirrung wie ein Schatten auf ihrem Gesicht. »Er... er ist heute früher gegangen. Hat sich krankgemeldet«, stammelte sie, kaum lauter als ein Flüstern.

Erik verengte die Augen. Krankgemeldet. Das war ein verdammt schlechter Zeitpunkt, krank zu sein.

Erik packte sie leicht an den Schultern und sah sie eindringlich an. »Wo wohnt er?« fragte er, sein Ton fordernd, doch nicht bedrohlich.

»In... in der Cove View Road, hinter Sandy's Diner«, stotterte sie, ein Hauch von Angst in ihren Augen. Einige Besucher warfen neugierige Blicke auf die Szene und Erik ließ die Frau los. Er drehte sich um und stürmte zurück zu seinem Auto. Cove View Road – jetzt wusste er, wo er hinmusste. Am Wohnkomplex angekommen, suchte Erik an den Klingeln fieberhaft nach Joe Millers Namen. Endlich fand er ihn – vierter Stock, rechte Seite. Ohne zu zögern hastete er die Treppen hoch, seine Schritte hallten laut im stillen Flur wider. Vor der Tür zog er seine Waffe und atmete tief durch. Dann trat er die Tür mit voller Wucht ein und stürmte hinein.

Zu seiner Überraschung lag die Wohnung in unheimlicher Stille. Der Raum war fast steril aufgeräumt – das Bett gemacht, die Kissen perfekt ausgerichtet, kein einziges Anzeichen davon, dass hier jemand wohnte. Ein merkwürdiges Gefühl kroch ihm den Rücken hinauf. »Das hier ist leer«, dachte er, während er sich umsah.

»Verdammt!« fluchte er und schlug mit der Faust gegen die Bettkante. Ein kleiner Tisch zu seiner Linken geriet in die Schusslinie seiner Wut und kippte, eine Tasse und ein paar Bücher fielen klirrend zu Boden. Plötzlich erschien im Türrahmen eine Gestalt – eine alte Dame mit gebeugtem Rücken und einem wackeligen Gehstock. Ihre Augen fixierten Erik mit einer Mischung aus Misstrauen und Neugier, während ihre knöcherne Hand den Stock fester umklammerte. »Was treiben Sie hier?« knurrte sie, ihre Stimme kratzig, aber scharf. »Wenn Sie mir das nicht sofort erklären, rufe ich die Polizei!«

Erik, schwer atmend und voller Anspannung, fixierte sie. Er machte einen Schritt auf sie zu, dabei hielt er die Hände sichtbar. »Ich suche Joe Miller. Haben Sie ihn gesehen? Wo ist er?«

Die Frau wich leicht zurück, ihre Falten schienen sich noch tiefer in ihr Gesicht zu graben. »J-Joe?« stotterte sie, ihre Unsicherheit war spürbar. »Den hab ich… schon seit Jahren nicht mehr gesehen.« Sie zögerte, dann fügte sie leise hinzu: »Ist auch besser so. Er war immer… seltsam. Wenn Sie verstehen, was ich meine.« Erik trat einen Schritt näher, seine Stimme drängend. »Was heißt seltsam? Erzählen Sie mir alles, was Sie über ihn wissen.« Die alte Frau musterte ihn prüfend, bevor sie sich ein nervöses Räuspern abring. »Wissen Sie… seine Eltern waren ganz andere Menschen. Gute Leute. Sie haben hart gearbeitet, viel für ihn geopfert. Aber Joe? Der war von klein auf… eigen. Kein einfacher Junge. Hatte nie einen guten Ruf hier im Ort.«

»Was meinen Sie damit?« Erik neigte sich leicht vor, seine Augen blitzten vor Entschlossenheit. Die Frau schüttelte den Kopf und sprach leise, fast wie zu sich selbst: »Na ja, er hatte immer Probleme. War oft allein, hat sich mit niemandem verstanden. Und dann war da diese Farm im Norden, in Manderfield. Eigentlich sollte er die übernehmen, ein schönes Anwesen war das…«

»Manderfield?« Eriks Herz setzte einen Schlag aus. »Wo genau? Ist die Farm noch da?«

Die Alte runzelte die Stirn, ihre Augen verloren sich in einer Erinnerung. »Ja, Manderfield. Seine Mutter hat mir früher Fotos davon gezeigt, wirklich ein hübscher Ort. Aber…« Ihre Stimme wurde kühler. »Die Leute sagen, er hat Dinge dort getan, die nicht richtig waren. Tiere gequält, seltsame Geräusche in der Nacht… irgendwas Störendes ging da vor sich.«

Erik riss die Augen auf. »Was für Geräusche?«

Sie zuckte mit den Schultern, der Gehstock wackelte leicht in ihrer Hand. »Weiß ich nicht. Schreie, haben sie gesagt. Manche dachten, er hätte das mit den Tieren getan, andere, er hätte sich mit dunklen Dingen beschäftigt. Wer weiß das schon bei einem wie ihm? Irgendwann ist er jedenfalls weg gewesen. Die Farm hat er einfach aufgegeben. Oder ist geflohen. Wer weiß das schon?«

Ihre Stimme wurde zu einem leisen Murmeln und sie schüttelte erneut den Kopf. »Ein Kerl wie der hätte nie eine Farm übernehmen sollen… die armen Eltern. Alles umsonst.« Erik merkte, dass er aus ihr nichts mehr herausbekommen würde. »Wo genau liegt Manderfield?« fragte er, so ruhig wie möglich. Die Alte blinzelte, offenbar wieder im Hier und Jetzt. »Nordwesten. An der alten Landstraße. Aber ich würd mich von dem Ort fernhalten, junger Mann.« Er antwortete nicht. Stattdessen drehte er sich abrupt um, der Gedanke an die Farm brannte sich in seinen Kopf. Ohne ein weiteres Wort rannte er los, das Herz hämmernd, während sich der Name »Manderfield« in seine Gedanken fraß.

Kapitel 24

Das Monster

Die Schmerzen waren unerträglich. Dustins Augen waren geschwollen, er blinzelte das Blut weg, das warm und klebrig an seinem Gesicht herunterlief und seine Sicht trübte. Die Fetzen seiner Kleidung, durchtränkt von Schweiß und Blut, hingen wie schmutzige Lumpen an ihm herab, während sein Körper zerschunden und geschwächt auf dem Stuhl gefesselt war. Nur noch in seiner Unterwäsche, spürte Dustin die eisige Kälte des Bodens, die ihm in die Knochen kroch und ihn an seine schreckliche Realität erinnerte. Jeder Atemzug brannte in seiner Brust, jeder Herzschlag ein dumpfer Schlag gegen die ständige, alles umfassende Qual.

Sein Peiniger war ihm gnadenlos überlegen – nicht nur physisch, sondern auch in seiner psychischen Kontrolle. Er ließ Dustin nicht sterben. Stattdessen quälte er ihn in einem schrecklichen Wechselspiel aus Schmerz und falscher Hoffnung. Es war eine Folter, die ihn langsam brechen sollte – der sadistische Glanz in den Augen des Entführers sprach Bände. Für ihn war Dustins Leiden eine makabre Form von Unterhaltung, ein Spiel, bei dem Dustin nichts weiter als eine Spielfigur war.

Seit drei Tagen war Dustin in diesem düsteren Kellerloch gefangen, eingesperrt hinter rostigen Gittern und die Tortur schien kein Ende zu nehmen. Jeder Besuch des Entführers war schlimmer als der letzte. Er schlug Dustin, schnitt in seine Haut, setzte ihn mit der Spannung einer Autobatterie unter Strom und einmal würgte er ihn fast bis zur Bewusstlosigkeit, nur um ihn im letzten Moment loszulassen. Der Moment, in dem Dustin verzweifelt nach

Luft rang, war für seinen Peiniger der Höhepunkt – ein grausamer Tanz zwischen Leben und Tod. Jedes Mal, wenn der Mann mit der Maske hereinkam, schlug er Dustin lächelnd ins Gesicht, ein sadistisches Funkeln in den Augen.

»Na, Dustin? Schon genug?« fragte er genüsslich. »Willst du nicht endlich aufgeben?« Seine Stimme war ein süßlicher, beinahe freundlicher Klang, ein absurder Kontrast zur Brutalität seiner Taten.

»Warum?« flüsterte Dustin heiser, seine Stimme kaum mehr als ein krächzendes Wimmern.

»Warum machst du das… was willst du von mir?«

Der Entführer trat einen Schritt zurück, zog seine Mundwinkel zu einem kalten Lächeln und sah Dustin in die Augen.

»Warum, fragst du? Die Antwort ist… Adrenochrom.«

Er ließ das Wort in der Luft hängen, als wäre es ein Geheimnis, das er nun endlich preisgab. Dustin starrte ihn verwirrt an. »Was… was ist das?« Der Entführer setzte sich auf einen Hocker und begann, leise und mit beinahe wissenschaftlichem Ernst zu sprechen. »Adrenochrom ist ein Stoff, der im Körper entsteht, wenn der Adrenalinspiegel an seinem Höhepunkt ist. Es ist ein Elixier, Dustin, ein lebensverlängerndes Mittel, das nur unter den extremsten Bedingungen gewonnen werden kann. Es ist meine Quelle der Jugend, meiner Stärke… und meines Überlebens. Deine Qual ist mein Lebenselixier.«

Dustin schluckte schwer, unfähig zu begreifen, was er da hörte. »Du… du entführst Menschen, um sie zu foltern… und das nur, damit du länger leben kannst?«

Der Mann grinste kalt. »Nicht nur irgendeine Folter, Dustin. Nur die besten, reinsten Emotionen funktionieren. Der Moment, in dem die Angst dein Herz erfüllt, dein Körper jede Reserve anzapft, um zu überleben. Das ist der Augenblick, den ich brauche. Der Augenblick, den ich ernten kann.«

Verzweiflung und Abscheu ließen Dustin erstarren.

»Du bist ein Monster«, brachte er mühsam hervor, während sein Körper vor Erschöpfung zitterte.

Der Entführer schüttelte den Kopf, beinahe amüsiert.

»Monster? Ich bin ein Überlebender. Ein Sammler der Essenz des Lebens, Dustin. Es ist nichts Persönliches. Eigentlich solltest du mir sogar dankbar sein, dass ich dir so viel Aufmerksamkeit schenke.«

Dustin kämpfte mit seinem Verstand, der an der Kante des Wahnsinns wankte. Er musste sich befreien, irgendwie. Doch jede Bewegung, jede Faser seines Körpers schrie vor Schmerz. Dann kam ihm ein Gedanke, ein verzweifelter Plan. »Wasser«, flüsterte er.

»Lass mich trinken. Ich flehe dich an… nur ein Schluck Wasser.«

Der Entführer hob eine Augenbraue, schien den Gedanken zu erwägen und nickte schließlich.

»Einverstanden. Ein letzter Gefallen, bevor wir weitermachen.«

Langsam, fast gönnerhaft, nahm er ein Glas Wasser und trat auf Dustin zu. »Ich werde dir deine rechte Hand losbinden. Aber wage keinen falschen Schritt, sonst wird das dein letzter Fehler.«

Dustin nickte, ließ seine Muskeln entspannt wirken und wartete ab. Der Mann schnitt das Seil an seiner rechten Hand durch und Dustin spürte eine Welle der Erleichterung. Er griff nach dem Glas, führte es an seine Lippen und ließ das kühle Wasser seine Kehle hinunterlaufen bis es in sekundenschnelle leer war. Gierig leckte er sich über die Lippen, sein Mund fühlte sich immer noch wie ausgedörrt an. »Mehr«, flüsterte er. »Bitte. Nur ein bisschen mehr.«

Der Mann lachte leise, beinahe wie ein Vater, der seinem Kind eine Lektion erteilt. »Tja, Dustin. Gier ist ein schlimmes Laster, weißt du?« Er zog das Glas weg, hob es vor seine eigenen Augen und betrachtete das Wasser, als wäre es flüssiges Gold.

»Was bringt dir das?« fragte Dustin plötzlich, seine Stimme rau, aber fester. »Was bringt dir das, wenn du… wenn du am Ende trotzdem allein bist? Du redest von Überleben, aber was ist das für ein Leben, wenn dich jeder hasst? Wenn niemand da ist, der dich…« Er unterbrach sich, als der Mann ihn scharf ansah.

»Halt den Mund«, zischte der Entführer, seine Stimme verlor ihre gespielte Freundlichkeit. »Du hast keine Ahnung, wovon du redest.«

»Vielleicht nicht«, keuchte Dustin, »aber ich weiß, dass Menschen nicht nur vom Überleben leben. Was hast du? Gar nichts. Du bist ein Nichts, das sich an der Angst anderer festhält, weil es sonst… weil es sonst niemanden hat, der es hält.«

Für einen Moment herrschte absolute Stille. Der Entführer stand reglos, das Glas in seiner Hand zitterte leicht.

»Du weißt nichts über mich«, sagte er schließlich, leise, aber voller Kälte.

»Dann erzähl es mir«, entgegnete Dustin, seine Stimme war kaum mehr als ein Flüstern, aber in seinen Augen brannte eine neue Energie. »Wenn du so viel Zeit damit verbringst, andere zu brechen, was ist es, das dich gebrochen hat?«

»HALT DEN MUND!«

Wütend griff der Entführer nach dem Glas. Doch Dustin war schneller. Mit einem plötzlichen Ruck zerschlug er das Gefäß an der Kante des Stuhls und rammte eine große Scherbe dem Mann in die Seite. Ein markerschütternder Schrei erfüllte den Raum, während der Entführer nach Luft schnappte und zurücktaumelte.

In diesem Moment erblickte Dustin ein Messer, welches sein Entführer neben sich platziert hatte. Er schnappte es sich und begann hektisch, seine Fesseln zu durchtrennen.

»Du verdammter Bastard!« keuchte der Entführer, seine Hand auf die Wunde gepresst. »Du wirst mir das büßen!«

Dustin riss sich endlich von den Fesseln los und sprang auf, obwohl seine Beine unter ihm zitterten und sein Körper erschöpft war. Ein reiner Überlebensinstinkt trieb ihn an. Mit festem Griff packte er den Entführer an der Schulter, zwang ihn, ihm direkt in die Augen zu blicken.

»Das ist für alles, was du mir angetan hast«, murmelte er kalt. Seine Stimme war kaum mehr als ein Hauch, doch die Schärfe darin ließ den Entführer erschaudern, ehe Dustin die Schere tief und erbarmungslos in seinen Körper rammte.

Der Mann sank stöhnend zu Boden, sein Körper zuckend und blutend. Dustin zog die Schere zurück, seine Brust hob und senkte sich schwer, während das Adrenalin ihn durchströmte. Für einen Moment verharrte er, die Augen starr auf den Mann gerichtet, der ihn so lange gequält hatte. Dann trat er einen Schritt zurück, beobachtete mit einem bitteren Anflug von Genugtuung, wie der Entführer sich schwach zu erheben versuchte – nur um kraftlos wieder zusammenzubrechen. Der Entführer taumelte, sein Fuß suchte vergeblich Halt auf dem unebenen Boden. Mit einem unkoordinierten Griff nach dem Tisch versuchte er, sich abzustützen, doch seine Finger fanden nur die raue Kante. Die kleine Kerze, die dort gestanden hatte, schwankte gefährlich, kippte um und fiel schließlich. Ein leises klack ertönte, als sie den Boden berührte, gefolgt von einem bedrohlichen zischen. Die Flamme war klein, fast unscheinbar, als sie das trockene Heu am Boden berührte. Doch dann geschah es. In einer einzigen Sekunde sog das Heu das Feuer auf wie ein Durstiger, der Wasser findet. Die Flammen schossen hoch, leuchtend orange und gierig und breiteten sich in einer unaufhaltsamen Welle aus. Dustin beobachtete die Szene mit weit aufgerissenen Augen, sein Herz raste, unfähig zu begreifen, wie schnell sie über den Boden krochen und das trockene Holz entzündeten. Der beißende Rauch begann sofort den Raum zu füllen, während die Hitze immer unerträglicher wurde. Der stark blutende Entführer hob verzweifelt die Arme, um die Flammen von sich fernzuhalten, doch seine Bewegungen wurden zunehmend schwächer. Dustin sah die Angst in seinen Augen – das erste Mal, dass dieser Mann wirkliche Panik zeigte. Ein leises Gefühl der Gerechtigkeit flammte in Dustin auf.

Ohne weiter zu zögern, wandte er sich ab, rannte zur Tür, die ihn ins Freie führen würde und stolperte in die kühle Nachtluft. Hinter ihm hörte er das laute Knacken und Knistern des Feuers, das nun den gesamten Schuppen erfasste. Ein letzter, gequälter Schrei hallte aus den Flammen, bevor er im Donnern des Feuers verstummte. Dustin sog die frische Luft ein, als wäre sie ein heilendes Elixier. Die Schreie und die Hitze lagen hinter ihm und er hatte überlebt – das Flammeninferno würde das grausame Geheimnis seines Peinigers für immer verbergen.

Plötzlich hörte er Schritte. »Dustin!« rief Mr. Miller, dessen Stimme irgendwo aus der Dunkelheit drang. Dustin kämpfte sich die knarrende Treppe hinauf, die unter jedem Schritt bedrohlich ächzte. Das gesamte Haus war bereits in dichten Qualm gehüllt, der ihm die Lungen füllte und seine Augen brennen ließ. Tastend bewegte er sich vorwärts, stieß gegen unsichtbare Hindernisse, fiel und stolperte wieder. Endlich sah er die Fenster des Eingangs – schemenhaft, aber eindeutig Ein Funken Hoffnung flammte in ihm auf. Hastig griff er nach den Riegeln und Schlössern, entriegelte sie und dann öffnete sich die Tür. Der Wind blies mit voller Wucht herein, schlug die Tür zurück, sodass sie Dustin beinahe wieder in den Rauch drängte. Doch er ließ sich nicht aufhalten, kroch auf dem Bauch zurück zur Tür, packte den Knauf und riss die Tür diesmal vollständig auf. Die kühle Nachtluft traf sein Gesicht wie eine erlösende Welle, während hinter ihm das Feuer unaufhaltsam weiter in den Keller kroch und sich nun hungrig durch das ganze Haus fraß. Doch die Hitze und der Druck des Feuers waren zu viel. Vor seinen Augen wurde alles schwarz und er spürte, wie seine Beine nachgaben. Er fiel in den Rahmen der Tür und das letzte, was ihm bewusst wurde, war ein verschwommener Gedanke: die Sehnsucht, Erik endlich wieder zu sehen.

Dann hüllte ihn die Dunkelheit ein.

Kapitel 25
Das Haus

Erik wählte erneut Rondas Nummer und lauschte, während das Freizeichen durch die Stille des Autos schnitt. Seine Finger trommelten ungeduldig auf das Lenkrad, sein Atem ging schneller. Als sie endlich abhob, kam ihre Stimme, etwas außer Atem und offensichtlich irritiert.

»Erik? Was ist los?«

»Ronda, ich weiß, wer es ist«, schoss es aus ihm heraus. »Es ist der Trainer! Mr. Miller!«

Am anderen Ende herrschte für einen Moment Schweigen, dann hörte er ein hörbares Einatmen. »Erik... wovon redest du? Der Trainer? Woher willst du das wissen?« Ihre Stimme war ein seltsames Gemisch aus Schock und Unglauben.

»Ich hab ihn gesehen, Ronda. In diesem Baumarkt, da waren Überwachungskameras. Er hatte ein Shirt an, das Logo – es war das gleiche wie auf der Sportarena! Das kann kein Zufall sein. Er ist es, ich weiß es einfach.« Ronda schnaubte nervös. »Erik, verdammt, ich verstehe, dass du aufgeregt bist, aber... denk doch nach. Vielleicht war das nur ein T-Shirt. Du kannst nicht einfach –«

»Ronda, bitte! Ich habe das Gefühl, dass das alles hier bald ein Ende finden muss. Und ich werde nicht einfach rumsitzen und abwarten!« Seine Stimme wurde leiser, fast ein Flüstern und Ronda konnte den eisernen Willen darin spüren. »Erik, tu mir einen Gefallen. Mach nichts Unüberlegtes, okay? Ich meine, du weißt, wie das letzte Mal...«

»Diese Zeit habe ich nicht. Ich muss ihm hinterher, bevor es zu spät ist«, unterbrach Erik sie hart, seine Stimme scharf wie eine Klinge. Ronda seufzte, hörbar frustriert, doch er konnte auch die Sorge darin heraushören. »Wohin gehst du jetzt?«

»Norden«, antwortete er kurz. »Seine Eltern hatten eine alte Farm, irgendwo in einem Herrenhaus außerhalb der Stadt. Dort wird er sich verstecken, ich bin mir sicher.«

»Gib mir eine Minute, ich checke die Adresse.«

Noch bevor Erik etwas erwidern konnte, legte sie auf.

Sekunden vergingen, in denen Erik auf das Handy starrte, seine Gedanken rasten. Dann, ein Vibrieren – die SMS war eingetroffen. Die Adresse leuchtete auf dem Display und ohne zu zögern drückte er das Gaspedal durch. Der Motor heulte auf und er lenkte den Wagen mit quietschenden Reifen auf die Landstraße, gen Norden. Ein unbehagliches Kribbeln breitete sich in seinem Bauch aus, wie die Vorahnung auf das Finale eines gnadenlosen Spiels. Ein letztes Mal, dachte er. Doch was würde ihn dort wirklich erwarten? Je näher er dem abgelegenen Anwesen kam, desto dichter wurden die Bäume, die die Straße flankierten und bald konnte er die ersten Rauchschwaden am Horizont erkennen – dick und pechschwarz. Das unbehagliche Kribbeln in seiner Magengrube verwandelte sich in blanke Panik, die seinen Körper durchfuhr.

Erik hielt am Straßenrand an, sprang aus dem Wagen und stürmte über das hohe Gras. Schon aus der Ferne konnte er die lodernden Flammen sehen, die aus den Fenstern im oberen Stockwerk schlugen, als wollten sie das ganze Haus verschlingen. Schwarzer Rauch quoll aus der offenen Haustür und Erik konnte die Hitze auf seiner Haut spüren, obwohl er noch einige Meter entfernt war.

Er blieb abrupt stehen, seine Brust hob und senkte sich heftig, während seine Gedanken von einer Welle aus Erinnerungen überrollt wurden. Ein anderer Brand, Jahre zuvor, der ihm für immer eingebrannt geblieben war. Damals, als er noch ein junger Polizist war, als ihm sein Ehrgeiz über den Kopf gewachsen war und sein Übermut Menschen das Leben gekostet hatte. Flammen, Schreie, die er nie wieder vergessen würde.

»Nein... nein... nicht schon wieder«, murmelte er, seine Stimme nur ein Hauch im Wind, während er das Haus wie gelähmt anstarrte. Sein Herz raste, Erinnerungen blitzten in ihm auf, Bilder von jenen Gesichtern, die in den Flammen verschwunden waren, Menschen, die er hätte retten sollen.

Dann, ein Schatten aus der Vergangenheit: Hugh Barton. Er sah ihn wieder klar vor sich, den schlanken Mann mit der bleichen Haut, den traurigen Augen und den tätowierten Armen. Hugh Barton, der Feuerteufel, der ihm damals entwischt war, der ihn wie besessen durch die Stadt getrieben hatte, immer nur knapp außer Reichweite, immer ein höhnisches Lächeln auf den Lippen. Sie waren durch enge Gassen und verlassene Höfe gerannt, Erik fast schon blind vor Entschlossenheit. Doch Hugh war wie ein Phantom, das er nie wirklich fassen konnte. Schließlich hatte er ihn verloren und bald darauf war das nächste Haus in Flammen aufgegangen. Menschen hatten geschrien, Erik hatte ihre Stimmen noch Wochen in seinen Albträumen gehört.

Er blinzelte die Erinnerung weg, seine Hände bebten.

»Hör auf damit, Erik«, flüsterte er zu sich selbst. Doch die Schuld nagte an ihm, die alte, niemals vernarbte Wunde riss wieder auf.

Er nahm all seinen Mut zusammen, seine Stimme gewann wieder an Kraft.

»Reiß dich zusammen, verdammt noch mal!« schrie er, so laut er konnte. Sein Ruf verhallte in der Nacht und nur das bösartige Knistern des Feuers blieb ihm als Antwort. So begann er, einen Fuß nach dem anderen zu setzen. Beide Hände zu Fäusten geballt und mit angespannter Miene marschierte er immer schneller auf das Feuer zu. Je näher er dem Haus kam, desto stärker pochte sein Herz gegen seine Rippen. Je mehr sein Puls in die Höhe schoss und je mehr Schweiß über seine Haut kroch, desto stärker fühlte er die Anspannung in sich.

Als er nur wenige Meter von der offenklaffenden Eingangstür stand, bemerkte eine Person regungslos auf der Türschwelle liegend. Er begann zu rennen.

Näher und näher. Ist das etwa? War das Dustin?

»Dustin! Dustin!«, schrie Erik aus vollem Halse. Dustin kauerte blutüberströmt und bewusstlos auf dem dunklen Dielenboden. Sein nackter Körper war übersäht mit Schrammen, Blutergüssen und Striemen. Mein Gott, was zur Hölle wurde ihm bloß angetan?

Erik ließ sich von Feuer und Rauch nicht abhalten. Entschlossen sprang er durch die dichten Rauchschwaden und hob Dustins leblosen Körper vom Boden. Mit zusammengebissenen Zähnen sammelte er seine letzten Kräfte. Seine Augen brannten, Schweiß rann ihm über das Gesicht. Dustin lag in seinen Armen und das war alles, was zählte. Er wünschte, er könnte Mr. Miller sehen, nur um ihm zu zeigen, was sein Revolver mit einem Freak wie ihm anrichten könnte.

Schritt für Schritt schleppte Erik Dustin aus dem Haus. Er hoffte inständig, dass Ronda mit einem ganzen Team auftauchen würde.

Wie ein Mantra wiederholte er Dustins Namen, starrte ihn an und hoffte, dass wenigstens ein Augenlid zucken würde.

»Dustin... Dustin... DUSTIN!« Da durchbrach plötzlich ein lauter Schrei die Stille. Hinter Erik trat Joe Millers Silhouette aus den

Rauchschwaden hervor. Sein Overall war zerfetzt, Blut tropfte von seinem Oberschenkel und sein Gesicht war zu einer wütenden Fratze verzogen, geschwärzt vom Ruß. In seiner Hand blitzte das kalte Silber einer Neun-Millimeter-Pistole auf.

»WAS SOLL DAS? Was machst Du? Ihr macht alles kaputt! Niemand verlässt dieses Haus!«, schrie er aus vollem Leibe und richtete seine Waffe direkt auf Erik. Erik wusste, dass er nun schnell Handeln musste. Fieberhaft schossen ihm Gedanken durch den Kopf, wie er Dustin in Sicherheit bringen und Joe Miller zur Strecke bringen könnte. Er durfte Dustins Leben auf keinen Fall gefährden. Sein Auto war noch knapp fünfzig Meter entfernt, er könnte es schaffen. Joe Miller hatte mittlerweile die Wiese erreicht, humpelnd verfolgte er Erik und schrie vor Wut.

Dann ertönte ein Schuss. Und noch ein Schuss.

Ein stechender Schmerz durchzuckte Eriks Schulter. Er konnte Dustin nicht länger halten und stürzte mit ihm zu Boden. Warmes Blut sickerte durch sein T-Shirt. Mit letzter Kraft stützte er sich über Dustin, presste eine Hand gegen die Wunde in seiner Schulter. Sein Körper fühlte sich auf einemal taub an, stattdessen setzte ein unkontrollierbares Zittern ein. Er begriff, dass ihm keine Optionen mehr blieben.

Erik lag regungslos im trockenen Gras. Joe Miller schlich sich vorsichtig heran, getrieben von dem Drang, das Gesicht des Mannes zu sehen, der seinen Plan durchkreuzt hatte. Wutentbrannt trat er Erik in die Seite. Dann schob er einen Fuß unter Eriks Bauch und wuchtete ihn mit einem kräftigen Ruck auf den Rücken. In diesem Moment riss Erik jedoch die Augen auf und griff blitzschnell nach der Pistole, die unter seiner Jacke im Hosenbund steckte. Mit ausgestreckten Armen richtete er den Lauf auf Joe Millers überraschter Miene.

»Fick dich, du Scheißkerl!«

Es war das Letzte, was Joe hörte, bevor Erik den Abzug betätigte. Der Knall hallte über die Wiese und eine rote Fontäne schoss aus Joes Hinterkopf. Sein massiger Körper kippte nach hinten und schlug dumpf auf dem Boden auf. Erik versuchte sich aufzurichten, taumelte zu dem leblosen Körper hinüber und drückte ein weiteres Mal den Abzug.

»Das ist dafür, dass du dich mit meinem Freund angelegt hast, du dreckiges Schwein!« rief er mit kalter Stimme.

Seine Beine begannen zu zittern und eine lähmende Schwäche ergriff ihn. Kraftlos sackte er zusammen und fiel zu Boden. Mit letzter Anstrengung kroch er über die staubige Erde in Richtung Dustin, der nur ein paar Meter entfernt regungslos im Gras lag.

Immer wieder rief Erik seinen Namen, während er sich näherte. Endlich bei ihm angekommen, legte er seine blutverschmierten, zitternden Hände auf Dustins fahles Gesicht. Tränen liefen über seine Wangen. Zärtlich küsste er Dustin und versuchte verzweifelt, ihn ins Leben zurückzuholen. Doch seine Sicht verschwamm und sein Körper gab endgültig nach. Sein Kopf sank neben Dustins Gesicht ins Gras und eine tiefe Stille breitete sich aus.

Mit letzter Kraft flüsterte er:

»…Dustin! Dustin… ich… ich liebe dich.«

Dann verlor er das Bewusstsein.

In der Ferne heulten Sirenen, die sich dem brennenden Hof rasch näherten. Als Kommissarin Ronda Robsen schließlich an der Farm der Familie Miller eintraf, erstarrte sie bei dem Anblick, der sich ihr bot. Vor ihr lagen die leblosen Körper von Dustin McNeal und Erik Davis sowie der erschossene Schwimmtrainer Joe Miller – dieses Ende hatte Sie nicht erwartet.

Kapitel 26
Der Adler

Das rhythmische Piepen des Herzmonitors war das Erste, was Erik wahrnahm. Langsam öffnete er die Augen. Ein grelles Licht schien durch das Fenster und dann, plötzlich, beugte sich eine vertraute Gestalt über ihn.

»ERIK!« Sunny, ihre Augen funkelten vor Erleichterung, warf ihm einen Kuss auf die Stirn. Ihre blonden Haare kitzelten sein Gesicht und ihre Hand legte sich sanft auf seine.

Erik räusperte sich und versuchte zu sprechen, doch seine Kehle war trocken. »… Wasser…« brachte er heiser hervor.

»Natürlich!« Sunny sprang zum Tisch, schnappte sich einen Becher und hielt ihm den Strohhalm an die Lippen. Das kühle Wasser rann seine Kehle hinunter und er seufzte erleichtert. Er griff nach ihrer Hand, seine Finger klammerten sich an ihre.

„Wo… wo ist Dustin?" Seine Stimme war kaum mehr als ein Flüstern. Sunnys Miene veränderte sich, eine Mischung aus Mitgefühl und Zurückhaltung. „Erik… Dustin ist noch nicht wach. Rauchvergiftung." Sie hielt kurz inne, als müsste sie die nächsten Worte vorsichtig abwägen. „Aber er lebt." Erik spürte, wie sich sein Brustkorb verkrampfte, ein seltsames Gemisch aus Erleichterung und Panik, das ihn kaum atmen ließ. „Ich muss zu ihm," sagte er, abrupt und dringlich. Sein Blick war fest, fast verzweifelt. „Ich muss ihn sehen."

»ERIK! Nein! Der Arzt hat gesagt, du hast viel zu viel Blut verloren. Du kannst doch nicht…« Doch da hatte Erik bereits die Elektroden des EKGs abgezogen und schob die Bettdecke zur Seite.

»Oh verdammt, du störrischer Ochse!« Sunny verdrehte die Augen, half ihm aber schließlich, sich aus dem Bett zu hieven. Keuchend zog er sich auf die Beine, seine linke Hand fest auf Sunnys Schulter gestützt, die rechte umklammerte den Ständer mit der Infusion.

»Warte kurz!« Sunny eilte zur Tür und griff nach einem Morgenmantel. »Liebling, du trägst nur dieses Krankenhauskittelchen. Willst du wirklich, dass die ganze Station deinen 'Death Valley' bewundert?«

Erik hielt inne, dann brach er in ein Lachen aus, das jedoch rasch in ein Husten überging. »Ich bin froh, dich zu sehen... Ich dachte wirklich, das war's.« Seine Stimme brach und eine Träne rollte seine Wange hinab. Er blinzelte heftig, doch die Tränen kamen unaufhaltsam, dicker Tropfen, die lautlos auf den Boden fielen.

Sunny legte eine Hand an seine Wange und zog ihn in eine Umarmung.

»Erik...« flüsterte sie und drückte ihn fest an sich.

Er, gestützt von Sunny, kämpfte sich Meter für Meter den Flur entlang, bis sie schließlich vor einer Tür mit der Aufschrift »D. McNeal« stehen blieben. Erik holte tief Luft und schob die Tür leise auf.

Das Zimmer war erfüllt von dem leisen Summen der Maschinen. Dustin lag da, sein Gesicht blass, Schläuche und Kabel überall. Fast schien es, als würde er friedlich schlafen. Doch Erik spürte, wie sein Herz brach.

Am Rand des Raumes saß Dustins Mutter auf einem Stuhl, ihr Gesicht verweint, die Augen rot. Als sie Erik bemerkte, erhob sie sich, trat ihm entgegen und schlang die Arme um ihn. »Danke«, schluchzte sie leise. Doch Erik konnte den Blick von Dustin nicht abwenden.

Er trat ans Bett, nahm Dustins Hand in seine und strich sanft darüber. »Ich bin hier«, flüsterte er.

Sunny schob ihm einen Stuhl hin und gerade in diesem Moment kamen Dustins Vater und seine Schwester Emma herein. Die Anspannung im Raum war greifbar.

Da zuckten Dustins Augenlider. Ein leises Murmeln entrang sich seinen Lippen und dann bewegte er schwach den Kopf. Seine Mutter sprang auf, rief nach dem Arzt und Sekunden später stürmten zwei Ärzte und eine Schwester ins Zimmer. Erik wurde zur Seite geschoben, doch Dustin öffnete langsam die Augen. Seine Hand wanderte zu der Beatmungsmaske und zog sie vorsichtig ab.

Mit schwacher Stimme flüsterte er:

»… Adler…« und seine Augen suchten Erik.

Als er ihn fand, streckte er die Hand aus. »Du bist mein Adler…«

Erik trat heran, nahm Dustins Hand und lächelte, Tränen liefen ihm über das Gesicht.

Emma legte ihre Hand auf Eriks Schulter, führte ihn zu Dustin zurück und Dustin drückte sanft Eriks Hand an seine Wange. Dann hob er sie an seine Lippen und küsste sie zärtlich. Dustins Vater sah das mit Verwirrung an, doch seine Mutter legte eine Hand auf seinen Arm und lächelte nur wissend.

Kapitel 27
Dustin & Erik

In den sanften Strahlen des Nachmittagslichts, die durch die Fenster in Eriks Wohnzimmer fielen, fühlte sich alles beinahe friedlich an. Erik und Dustin saßen nebeneinander auf der Couch, eng aneinander gelehnt. Es war eine Stille im Raum, die sie brauchten – eine Pause von allem, was geschehen war. Erik streichelte Dustins Hand, seine Finger spielten sanft mit denen seines Geliebten.

»Es ist gut, wieder hier zu sein«, murmelte Dustin leise und lehnte den Kopf an Eriks Schulter.

»Ich hätte nie gedacht, dass ich das alles noch einmal sehe.«

Erik lächelte, seine Augen weich. »Ich habe die ganze Zeit gehofft. Und jetzt... jetzt sind wir hier.« Er drückte Dustins Hand fester. Sie sahen sich einen Moment lang an und es schien, als würden die Worte, die sie nicht aussprachen, trotzdem im Raum mitschwingen.

Ein leises Klingeln unterbrach die Stille. Erik seufzte und stand auf, während Dustin ihm ein aufmunterndes Lächeln zuwarf. Er öffnete die Tür und draußen stand Ronda, die Polizistin, die ihnen während der Ermittlungen zur Seite gestanden hatte. Ihr Blick war wie immer aufmerksam, doch etwas in ihrer Haltung ließ Erik spüren, dass sie Neuigkeiten brachte.

»Ronda«, begrüßte er sie, ließ sie eintreten und schloss die Tür hinter ihr. Dustin richtete sich ein wenig auf und ein Hauch von Besorgnis erschien in seinen Augen.

»Hey, Jungs«, sagte Ronda und setzte sich ihnen gegenüber. Sie sah beide prüfend an. »Wie geht's euch?«

Dustin lächelte schwach.

»Es wird langsam besser. Aber na ja, das kennt ihr ja sicher.«
Ronda nickte verständnisvoll. »Ich weiß. Ich bin froh, euch so zusammen zu sehen.« Sie zögerte einen Moment und in dieser Pause spürten Erik und Dustin, dass es ernst wurde. »Ich bin hier, um euch über die Ermittlungen auf dem Laufenden zu halten. Es gibt Neuigkeiten… und ich dachte, ihr solltet es direkt von mir hören.«

Erik runzelte die Stirn. »Was gibt es Neues?«

Ronda atmete tief durch und begann langsam zu sprechen. »Der Mann, der euch das alles angetan hat… ist tot. Er ist in der Untersuchungshaft gestorben.« Eine kurze Stille folgte. Dustin schluckte und Erik legte ihm beruhigend eine Hand auf den Rücken. »Das… fühlt sich merkwürdig an. Er ist also weg«, sagte Dustin leise, fast als müsse er sich selbst daran erinnern.

»Ja«, bestätigte Ronda. »Aber das ist leider noch nicht das Ende der Geschichte.«

Erik schob sich näher an Dustin heran, die Anspannung stand ihm ins Gesicht geschrieben. »Was meinst du damit?«

»Wir haben den Keller genau untersucht«, erklärte Ronda, ihre Stimme gedämpft. »Und dabei Beweise gefunden, die eindeutig darauf hinweisen, dass er… nicht allein gehandelt hat.«

Dustin erstarrte, seine Augen weiteten sich. »Nicht allein?« flüsterte er, eine Spur von Angst in seiner Stimme. Erik legte den Arm um ihn und zog ihn näher an sich, als wolle er Dustin vor dieser neuen Bedrohung beschützen.

»Es gibt Hinweise auf einen Mittäter«, fuhr Ronda fort, ihre Miene ernst. »Jemand, der ihn unterstützt hat. Fußspuren, ein paar unvollständige Fingerabdrücke – es deutet alles darauf hin, dass eine zweite Person involviert war. Jemand, der sich bisher versteckt gehalten hat.« Erik stieß ein angespanntes Lachen aus, das weder Witz noch Erleichterung enthielt. »Also ist das noch nicht vorbei«, murmelte er und streichelte Dustins Schulter beruhigend. »Wir müssen wachsam bleiben.« Dustin sah ihn an, seine Augen voller Vertrauen. »Solange du bei mir bist, schaffe ich das.«

Ronda beobachtete die beiden einen Moment, dann lehnte sie sich nach vorn. »Hört zu, ihr seid in Sicherheit. Wir haben alle nötigen Vorkehrungen getroffen und mein Team arbeitet rund um die Uhr daran, diesen Mittäter zu finden. Aber ich wollte, dass ihr Bescheid wisst, damit ihr vorbereitet seid.«

»Danke, Ronda«, sagte Erik leise. »Für alles – und dafür, dass du ehrlich mit uns bist.« Ronda lächelte schwach, ihre sonst so harte Fassade schien für einen Augenblick zu schmelzen. »Das ist das Mindeste. Wenn ihr etwas braucht, bin ich nur einen Anruf entfernt.« Ronda erhob sich und Erik begleitete sie zur Tür. Er schloss die Tür hinter ihr, lehnte sich einen Moment dagegen und fuhr sich mit einer Hand durch die Haare. „Wow," murmelte er, fast mehr zu sich selbst als zu Dustin, der noch immer auf dem Sofa saß. Dustin hob den Kopf und sah ihn an, die Brauen leicht zusammengezogen. „Das war… viel." Erik nickte langsam, schob sich von der Tür weg und ließ sich neben Dustin auf die Couch sinken. Eine Weile saßen sie einfach da... „Hey," sagte Erik schließlich, seine Stimme leise, fast vorsichtig. Er legte eine Hand auf Dustins Knie und drückte leicht. „Du bist so still." Dustin zuckte mit den Schultern, seine Augen fixierten einen Punkt irgendwo auf dem Couchtisch. „Ich weiß nicht. Es fühlt sich einfach surreal an. Dass wir das wirklich hinter uns haben. Und jetzt…" Er machte eine Geste in die Luft, als suche er nach Worten. „Jetzt sind wir hier," ergänzte Erik und lehnte sich ein Stück näher. „Das zählt doch, oder?" Dustin sah ihn an, seine Augen suchten nach etwas in Eriks Gesicht, nach einer

Bestätigung vielleicht. Schließlich schüttelte er den Kopf und lachte leise, ohne wirklich Freude darin. „Du machst das immer so einfach klingen." Erik schnaubte, ein halbherziges Lächeln auf den Lippen. „Weil ich will, dass es einfach ist. Zumindest jetzt. Zumindest für uns." Für einen Moment sah Dustin aus, als wollte er etwas darauf erwidern, doch dann seufzte er nur, schob sich näher an Erik heran und ließ sich gegen dessen Brust sinken. Die Wärme seiner Nähe beruhigte ihn auf eine Weise, die nichts anderes konnte. Er legte einen Arm um Dustin, zog ihn fest an sich und vergrub seine Nase in Dustins Haar. „Wir sind sicher. Das ist das Einzige, was zählt." murmelte er, seine Stimme kaum mehr als ein Flüstern. Dustin schloss die Augen, ließ sich von Eriks Worten und der Ruhe, die sie mit sich brachten, einhüllen. „Solange wir zusammen sind," sagte er, leise, fast für sich, „ist alles gut."

„Genau," stimmte Erik zu, sein Atem streifte Dustins Stirn. „Egal, was kommt. Wir schaffen das." Das Schweigen, das danach folgte, war nicht mehr schwer. Es fühlte sich an wie ein Versprechen, still und unausgesprochen, dass sie beide in den kommenden Tagen tragen würden.

Kapitel 28
Ein kleines grünes Notizbuch

Nichts hatte die Ruhe von Cedar Creek so heftig erschüttert wie der Skandal um den Sportlehrer, der zwei junge Männer entführt und in seinem Keller gefoltert hatte. Die Stadt war nicht mehr dieselbe; der Schein von Harmonie und Normalität unwiederbringlich verloren. Für Brian jedoch war das Kapitel abgeschlossen. Er saß im Zug, der ihn weit weg von all dem Chaos bringen sollte. Die trostlose Landschaft glitt an ihm vorbei: karge Bäume, kahle Felder – sie spiegelten seine innere Leere wider. Niemand in Cedar Creek hatte ihn durchschaut, niemand wusste, dass er mehr war als nur ein zufälliger Beobachter dieses Dramas. In einer neuen Stadt würde er neu anfangen, ohne die Schatten der Vergangenheit. Vielleicht sogar endlich studieren, wissenschaftlich forschen – etwas, das ihn von seinen Erinnerungen ablenken würde. »Entschuldigen Sie bitte, ist hier noch frei?« Eine Stimme riss ihn aus seinen Gedanken. Eine ältere Dame, freundlich lächelnd, deutete auf den Platz neben ihm, auf dem seine kleine Kühltasche stand. »Oh, ja, natürlich. Bitte«, antwortete er, zog die Kühltasche zur Seite und sah ihr zu, wie sie sich behutsam setzte. »Vielen Dank, junger Mann.« Sie schien froh zu sein, einen Gesprächspartner gefunden zu haben. »Es ist selten, so einen leeren Zug zu erwischen. Nicht wahr?« Brian nickte und zwang sich zu einem höflichen Lächeln. »Ja, das stimmt.« Die Dame schien ihn mustern zu wollen und tatsächlich fiel ihr Blick immer wieder neugierig auf ihn zurück.

»Sind Sie beruflich unterwegs?«

»Nein«, antwortete er kurz und wendete sich wieder zum Fenster.

Die Aussicht war öde und doch fand er darin eine Art Beruhigung. »Ah, vielleicht ein Neuanfang?«, fragte sie mit einem wissenden Lächeln. »Das machen viele junge Leute heutzutage. Einfach mal das Alte hinter sich lassen.« Brian hielt inne und blickte ihr direkt in die Augen. »Könnte man so sagen.« Die Dame lächelte sanft. »Das Leben ist manchmal wie ein Buch. Manchmal muss man das Kapitel einfach schließen und ein neues aufschlagen.« Er musste schmunzeln. Ihre Worte trafen einen Nerv. »Ein schönes Bild«, sagte er. »Ich schätze, Sie haben recht.«

»Wissen Sie«, fuhr sie fort, »ich habe auch schon einige Kapitel in meinem Leben zugeschlagen. Manchmal ist es nicht leicht, weiterzugehen, aber man muss es einfach tun.« Brian nickte nachdenklich, während die Lautsprecherdurchsage die nächste Haltestelle ankündigte. Die Frau sammelte ihre Sachen zusammen und machte sich bereit zum Aussteigen. »Nun, junger Mann«, sagte sie freundlich, »ich wünsche Ihnen alles Gute für Ihren Neuanfang. Vielleicht wird dieses Kapitel das beste von allen.«

»Danke«, sagte Brian und beobachtete, wie sie sich zum Ausgang begab. Er verspürte einen seltsamen Nachhall ihrer Worte. Kapitel schließen... Vielleicht war es genau das, was er jetzt brauchte. Als der Zug ruckelnd anfuhr, griff er in seine Tasche und zog ein Notizbuch hervor. Das grüne Cover war zerkratzt und mit bunte Sticker versehen. Seine Finger glitten langsam darüber, als könnten sie die Geschichten fühlen, die zwischen den Seiten verborgen lagen. Er wusste, was er darin finden würde. Namen, Orte, Pläne, etc. Jeder Eintrag war eine Erinnerung, ein Detail aus der Dunkelheit, die er nun hinter sich lassen wollte – und doch konnte er das Buch nicht loslassen. Ein zufriedenes Lächeln zuckte über sein Gesicht.

JULES B. FISCHER

Jules B. Fischer schrieb schon als Kind leidenschaftlich gern Geschichten und träumte davon, Welten zu erschaffen, die Menschen berühren. Mit feinem Gespür für das Zwischenmenschliche und einem Herz für Außenseiter fängt er verborgene Kämpfe und unerwartete Verbindungen ein, die das Leben besonders machen.

Seine Romane bieten intensive Atmosphäre, Spannung und unvergessliche Figuren – keine klassischen Helden, sondern Menschen mit Ecken und Kanten, die ihren Dämonen begegnen. Ob in der Weite einer Wüste oder den Abgründen einer kleinen Stadt: Fischer schafft Kulissen, die so lebendig sind wie seine Charaktere. Wenn er nicht schreibt, reist er durch die Welt auf der Suche nach neuer Inspiration.

Du findest Jules auch auf TikTok und Instagram.

Weitere Titel
»Zwischenwelten«

ISBN 9 783 769 339 628

Lukas, Anfang 20, lebt im Schwarzwald und steht an einem Wendepunkt. Nach Jahren in einem sicheren, aber wenig erfüllenden Job wagt er den Schritt zurück auf die Schulbank, um sich neu zu definieren. Tagsüber lernt er, abends serviert er Cappuccinos in einem kleinen Café.

Sein monotoner Alltag gerät ins Wanken, als zwei Männer in sein Leben treten: Christian und Manuel.

Manuel, erfolgreicher Fußballspieler, steht oft im Rampenlicht, doch unter der Oberfläche kämpft er mit den Erwartungen seines dominanten Vaters. Sein Traum, Maschinenbau zu studieren, kollidiert mit den Plänen seines Vaters. In Lukas findet er jemanden, der ihn wirklich sieht.

Christian hingegen ist zielstrebig, charmant und kurz vor dem Abschluss seines Jura-Studiums. Er verkörpert alles, was Lukas sich wünscht: Stabilität und Klarheit. Doch auch diese Beziehung fordert Lukas heraus.

In der rauen Schönheit des Schwarzwalds muss Lukas entscheiden, was es bedeutet, er selbst zu sein und ob Liebe möglich ist, ohne sich selbst zu verlieren. Eine Geschichte über Identität, Mut und die bittersüße Verwicklungen der Liebe.